일출봉에 부는 바람

일출봉에 부는 바람

— 임영근 산문집

2021년 12월 10일 초판 1쇄 인쇄
2021년 12월 15일 초판 1쇄 발행

지은이 | 임영근
펴낸이 | 김태화
펴낸곳 | 파라북스
기획 · 편집 | 전지영
디자인 | 김현제

등록번호 | 제313−2004−000003호
등록일자 | 2004년 1월 7일
주소 | 서울특별시 마포구 와우산로 29가길 83 (서교동)
전화 | 02) 322−5353   팩스 | 070) 4103−5353

ISBN 979−11−88509−49−2 (03810)

일출봉에 부는 바람

임영근 산문집

일출봉 꼭대기에 올라 시원한 바람에 땀을 식힌 뒤 가파른 길을 미끄러지
듯 성산안으로 내려갔다. 실제로 여러 번 미끄러지기도 했다. 반대편 끝까
지 간 다음 시계 방향으로 돌며 혹시 새알 같은 게 있지나 않은지 살펴보
기도 하면서 봉우리들을 하나하나 순례하기도 했다. 그러다가 심심해지면
당시 유행하던 "아부지, 돌 굴러가유." 하는 소리를 목청껏 지르며 봉우리
들 사이의 낭떠러지 아래로 괜히 돌을 굴려 보기도 했다. 절벽 아래로 파
란 바닷물이 출렁거렸다.

파라북스

추천사

축복받은 작가

권정우

충북대 교수, 시인, 문학평론가

다카한 료칸에서 한국 사람을 처음 봤습니다. 〈설국〉에 흠뻑 빠져서 휴가를 내고 여기까지 오게 되었다고 합니다. 머리끈으로 질끈 묶은 머리카락이 다부진 체격과 잘 어울렸고 긍정의 기운이 넘쳐서 몇 마디 주고받는 사이에 상대방의 배터리 눈금을 한 칸 정도 슬쩍 채워주는 건 일도 아니었습니다. 설국 기념관에서 다시 마주친 뒤로는 만날 일이 없었지만 문득 떠오를 때가 있습니다. 사피엔스가 병들기 전에는 이 긍정의 화신 같지 않았을까요? 훌륭한 책을 알아보는 안목은 우리 유전자에 새겨져 있습니다. 유자와를 주인공으로 소설을 쓰면 멋질 것 같다는 가와바타 야스나리의 생각을 긍정의 화신은 알아차렸을 겁니다.

〈설국〉의 주인공이 유자와인 것처럼, 〈더블린 사람들〉의 주인공이 더블린인 것처럼 이 책의 주인공은 성산입니다. 다카한 료칸이 불에 타지 않았어도 세월이라는 불길을 피할 수 없었듯이 성산도 마찬가지입니다. 1970년대의 성산은 작가의 머릿속이 아니라면 어디서도 찾아볼 수 없습니다. 그래서 우리는 작가가 들려주는 성산 이야기에 귀를 기울이게 되는 겁니다. 잊을 만하면 등장하는 제주 말은 중독성이 강한 양념이고요. 산문은 소설과 달리 이야기를 덧붙일 수 있고 덧붙일수록 앞에 있는 글이 더 살아납니다. 성산과 아무 관련이 없어 보이는 글도 작가가 쓰면 성산과 엮이게 되어 있습니다. 성산이 든든한 배경이 되어주니 축복받은 작가인 셈입니다. 끝나지 않는 성산 이야기를 마저 들려준다면 다른 얼굴의 긍정의 화신이 수매밑과 우묵개, 오정개를 찾아 나서게 될 것 같습니다.

차례

추천사 축복받은 작가 _ 권정우 (충북대 교수, 시인, 문학평론가) ⋯⋯ 4

프롤로그 멸치와 고래의 바다 ⋯⋯ 8

검정 고무신 ⋯⋯ 18

일출봉에 부는 바람 ⋯⋯ 26

성산포의 사계 ⋯⋯ 37

가문 잔치 ⋯⋯ 41

오정개 바닷가의 추억 ⋯⋯ 48

오, 넋 들라! ⋯⋯ 58

저 푸른 초원 위에 ⋯⋯ 65

그리고 아무 일도 일어나지 않았다 ⋯⋯ 73

밥 익는 냄새에 홀린 토끼 ⋯⋯ 81

용은 과연 강을 건넜을까? ⋯⋯ 88

처음 본 맛 ⋯⋯ 100

외삼촌의 귀향 ⋯⋯ 107

처음이자 마지막 수학여행 ⋯⋯ 115

마징가와 태권브이 ⋯⋯ 122

원산폭격 ⋯⋯ 128

별도봉 시절 ⋯⋯ 141

도보 훈련 ⋯⋯ 152

막걸리집 ⋯⋯ 161

두 번의 선물 ⋯⋯ 167

단비 맞이 ⋯⋯ 176

돌멩이 홍해삼 ⋯⋯ 180

손을 잡으면 마음까지 ⋯⋯ 187

길고 긴 하루 ⋯⋯ 197

연주회를 즐기는 몇 가지 방법 ⋯⋯ 207

아빠가 어른이 되었을 때 ⋯⋯ 213

에필로그 십 년 뒤 우리는 ⋯⋯ 218

멸치와 고래의 바다

누구나 잊을 수 없는 음식 한두 가지는 품고 사는 듯합니다. 저에게는 '멜 뎀뿌라'가 그런 음식입니다. 제가 살던 제주도에서는 멸치를 멜이라고 불렀고, 뎀뿌라는 튀김을 뜻하는 일본말이지요. 그러니 '멜 뎀뿌라'는 요즘 같으면 '멸치 튀김'이라고 부를 듯합니다.

멜 뎀뿌라는 꽁치보다야 작지만 웬만한 국물용 멸치보다 훨씬 큰 놈들로 튀긴 음식입니다. 확실히 어른 가운뎃손가락보다 큰 멸치로 튀긴 것으로 기억합니다. 제주에서도 멸치는 그다지 귀한 생선은 아니었지만, 멜 뎀뿌라는 쉽게 먹을 수 있는 음식은 아니었습니다.

남해안만큼은 아니지만 제주에서도 멸치가 많이 잡혔습니다. 동네 청년들은 "하다하다 안 되면 멜 배라도 타야지." 이런 말을 하곤 했습니다. 배를 타는 일은 힘든 일이고 그 가운데 어선이 더 힘겨운데, 어선 중에서도 멸치잡이 배는 정말 힘든 일이었나 봅니다. 선택지 맨 마지막에 멸치잡이 배가 있었으니까요. 죽을 정도로 먹고살기 힘들어지면 마지막으로 기댈 곳으로 멸치잡이 배를 생각했던 것입니다. 멸치는 성질이 급해 잡자마자 배에서 처리를 해야 해서, 제주에서는 주로 멸치젓을 만들었던 것으로 기억합니다. 이런 일까지 배에서 처리해야 해서 멸치잡이 배가 그토록 힘든 일이었는지도 모르겠습니다. 그러니 멸치잡이 배가 드나드는 성산포 항 가까이에서 살았다고 해서 살아 있는 멸치를 구경하기는 쉽지 않았습니다.

그런데 세상에는 믿기지 않는 일이 가끔 일어나기도 합니다. 어느 날, "멜 들어왔져~" 하며 길게 늘어지는 큰 소리가 동네에 울립니다. 마치 사이렌 소리 같습니다. 사이렌이 울릴 때처럼 행동도 재빨라야 합니다. 뭐든 들고 바닷가로 냅다 뛰어야 하죠. 양동이든 세숫대야든, 하다못해 고무신이라도 들고 수매밑 바닷가로 뛰어가야 합니다. 지금은 제주 올레길 1코스에 있는 광치기 해변으로 잘 알려진 바닷가입니다. 저도 있는 힘껏 수매밑으로 달려갔습니다. 그런데 아뿔사! 동네 형과 누나들이 벌써 손에 손에 멸치가 가득 든 통을 들고 돌아오고 있었습니다. 아니나 다를까 바닷가에 가보니 멸치는 어느새 사라지고 무심한 바닷물만 한가로이 찰랑거렸습니다.

무슨 이유인지는 모르겠지만 멸치 떼가 바닷가로 몰려들 때가 있습니다. 그럴 땐 때 맞춰 바닷가에 가서 멸치를 퍼올리기만 하면 됩니다. 물 반 고기 반 정도가 아니라 9할이 고기라고나 할까요.

멸치를 퍼올리지 못해 어깨가 축 처진 채 동네로 돌아왔습니다. 동네에는 벌써 기름 튀기는 냄새가 솔솔 나기 시작합니다. 성질 급한 멸치만큼이나 재빠른 사람들이 많나 봅니다. 큰댁에 들어서니 사촌누나들도 잡아온 멸치로 '멜 뎀뿌라'를 튀기고 있었습니다. 고소한 기름 냄새에 지글거리며 튀겨지는 소리. 세상에서 가장 반가운 소리와 냄새였지요.

노릇하게 익은 튀김을 한 입 베어물어 봅니다. 첫맛은 진하고 강합니다. 급하게 튀기느라 내장도 손질하지 않았습니다. 비릿한 맛에다 내장에서 베어나는 진한 맛이 더해졌습니다. 이제 씹을수록 점점 고소해집니다. 멸치의 하얀 속살이 바삭한 튀김옷과 어울려 담백하면서도 기름기 가득한 맛이 온 몸으로 퍼져나갑니다. 몇 마리나 먹었을까요. 튀겨지는 족족 호호 식혀가며 먹어댔습니다. 기름 냄새, 향긋한 비린내, 지글거리는 소리가 동네를 가득 채운 날이었습니다.

하지만 그때 이후로 멜 뎀뿌라를 먹을 수는 없었습니다. 바닷가로 멸치 떼가 몰려오는 일이 드물기도 했거니와, 머지않아 제주시로 이사를 가게 되면서 성산포에 멸치 떼가 온다한들 먹을 수 없게 된 것입니다.

이런 아쉬움이야 한두 가지가 아니겠지만, 정말로 아쉬운 일이 하나 더 떠오릅니다. 제주 바다에서 고래를 한 번도 보지 못한 일입니다. 친척 형들이 바다에서 헤엄치며 놀다가 고래를 본 이야기, 고래가 분수를 내뿜으며 유유히 헤엄치는 모습을 보았다는 이야기를 자주 들었습니다. 그런데 마치 바로 내 앞에서 무료 급식이 끝나 버린 것만큼이나 아쉽게도 바로 내 앞에서 고래의 자취가 사라져 버린 것입니다. 형들이 흔히 보던 모습을 나는 볼 수 없게 된 것이지요. 이런 아쉬움을 담아 몇 년 전에 〈고래 분수〉라는 제목으로 시를 쓰기도 했습니다.

왜, 그런 날 있잖아. 배 비슷한 것만 띄워놔도 스르르 미끄러져갈 것 같은 날. 파도 한 점 없이 은빛 물비늘이 찰랑거리는데 오늘은 고래가 꼭 나타날 것만 같은 거야. 등에서 힘차게 물을 뿜어대며. 어렸을 때 여름을 주제로 그린 그림에 파라솔과 높다란 감시탑 저쪽 수평선 가까이에 물을 뿜는 고래, 고래 분수를 꼭 그려 넣었잖아. 파라솔이

나 감시탑은 멀리 떨어진 해수욕장에나 가야 볼 수 있지만, 수평선이
야 문만 열면 볼 수 있으니 고래 분수는 언제든 볼 수 있을 거라 생각
했지.

여름 방학이면 하루 종일 바닷가에 나가 놀다가 문득 수평선을 한참
바라보기도 했고, 수평선 가까이 가보자고 자리돔 잡는 테우(뗏목)나
고등어 잡이 배 근처까지 헤엄쳐 간 적도 있었고. 여태까지 고래 분
수를 보지 못했느냐며 우쭐대던 동네 형들의 이야기를 부러운 마음
으로 들으며 속상해 하기도 했고. 물 밖으로 서서히 등을 내밀고 잠
망경이라는 신기한 물건을 쑥 밀어 올린다는 잠수함 얘기를 들을 때
도 나는 고래 분수를 떠올렸지.

그렇게 날씨가 좋은 날, 고래가 분수를 내뿜는 저 신화 같은 모습
을 나는 보았을까요?

이 책에 실린 글들의 바탕에는 멜 뎀뿌라를 먹으며 고래 분수를
꿈꾸던 시절의 체험이 깊숙이 자리하고 있습니다. 그런 체험을 길
어 올리며 글을 쓰게 된 것은 참으로 뜻밖의 일이었습니다.
아이를 낳고 기르며 공동육아 어린이집에 참여하게 되었습니다.

뜻 맞는 어른들끼리 모여 터전을 마련하고 아이들을 함께 키우자는 모임이었죠. 담장을 친다, 미끄럼틀을 세운다, 텃밭을 일군다 하며 주말마다 모여 열심히 일했습니다. 뒤풀이도 빠지지 않았고요. 아이들도 신나고 아빠들은 더 신나는 생활이었습니다.

그런데 아이들이 한두 명씩 졸업하고 새로운 진로를 택하면서 아빠들도 어린이집 생활을 졸업해야 하는 처지가 되었습니다. 그 뒤로도 개인적인 모임을 이어갔지만, 함께 할 수 있는 무언가 공식적인 모임이 필요했습니다. 그러던 차에 인문학 모임을 만들어 같이 공부하자는 아이디어가 나왔습니다. 그렇게 시작한 인문학 모임 가운데 글쓰기반을 해보자는 의견도 있었습니다. 마침 어린이집 아빠 가운데 충북대 국문과 교수로 재직중인 권정우 선생님이 계셔서 글쓰기반을 쉽게 시작할 수 있었습니다. 지금 돌이켜보면 저에게는 크나큰 행운이 아닐 수 없었습니다.

사실 처음에 글쓰기반을 시작하자고 했을 때 썩 내키지는 않았습니다. 그때도 이미 편집자로서 직업이 글을 다루는 사람이라고 스스로 생각하고 있었습니다. 남이 쓴 글을 그 사람 의도에 맞춰 더 빛나는 글로 만들어주는 데 어느 정도 자부심도 있었고요. 그래서 내 스스로 글을 쓸 생각은 전혀 하지 않았습니다.

하지만 예상은 늘 빗나가는가 봅니다. 이번에는 특이하게도 더 좋은 쪽으로 빗나갔습니다. 첫 모임에서부터 글쓰기에 폭 빠지게 된 것입니다. 아내와 함께 아들도 같이 했습니다. 권정우 선생님의 아들을 비롯해 공동육아 어린이집을 거쳐간 여러 아이들이 같이 했습니다. 어린이집 엄마들도, 인문학 모임 회원들도 함께해서 글쓰기 모임을 시작했습니다.

아마 첫 번째 글쓰기 과제가 "유년의 즐거웠던 추억을 산문으로 쓰세요."였던 것 같습니다. 그 뒤로 "잃어버려서 아쉬운 것을 산문으로 쓰세요." "잊을 수 없는 음식에 대한 기억을 산문으로 쓰세요." 이런 과제들이 이어지면서 제 마음 속 깊은 곳에 있던 어린 시절의 기억들이 하나씩 되살아 나왔습니다. 이때 쓴 산문이 바탕이 되어 이 책이 만들어졌습니다. 일부의 글을 다듬기도 했고, 거기에 새로운 글도 덧붙였습니다.

이 산문들을 쓰면서 제 생각 깊은 곳에 어린 시절에 겪은 일들이 자리 잡고 있다는 것을 알게 되었습니다. 글쓰기만이 아니라 책읽기도 마찬가지더군요. 책 읽는 과정에서도 지난 시절의 기억이 끊임없이 되살아나고 그래서 재해석되었습니다. 책읽기는 저자와의 대화이기도 하지만, 지난 시절의 나와 나누는 대화이기도 했습니다. 그래서 제가 읽은 책들에 대해 쓴 이런저런 글들을 시사 잡지에 〈서양 철학 산책〉, 〈이 책 저 책 읽으며〉 하는 꼭지 이름으로 연재도 하게 되었습니다. 산문 쓰기를 하지 않았다면 생각할 수도 없는 일이었습니다. 이때 연재한 글 가운데 몇 대목은 이 책에 다시 등장하기도 합니다.

어린 시절에 겪은 일의 맥락을 훨씬 뒤에서야 깨달을 때도 더러 있습니다. 어른이 되고서도 한참 뒤에 읽은 작은 기사가 떠오릅니다. 강원도인가 남해안인가 정확히 기억이 나지 않지만, 어느 해안가에 작은 물고기 떼가 몰려왔다는 내용입니다. 앗, "멜 들어왔져~"하는 바로 그 장면이구나 하는 생각이 들었습니다. 그런 일이 제주도에서만 벌어진 일이 아니었더군요. 아마도 큰 포식자에 쫓겨 물가까지 밀려오게 된 것이 아닌가 추측한다는 내용으로 끝맺는 기사였습니다.

포식자라면 상어? 고래? 그렇다면, '멜 뎀뿌라'는 고래가 안겨준 선물이었던 걸까요? 모습을 드러내는 않은 고래에 쫓겨 멸치 떼가 수매밀 바닷가로 몰려든 것일까요? 지난 시절의 일을 더 큰 맥락에서 이해하고, 살며 책을 읽으며 새로운 깨달음을 얻게 되면 좋겠습니다. 여기 실린 글들이 그런 시도의 흔적인지도 모르겠습니다.

이 작은 책을 펴내면서 제가 이 세상에 얼마나 많은 빛을 지고 있는지 새삼 깨닫게 됩니다. 우선, 넓고 깊은 문학 글쓰기의 세계로

안내해 주신 권정우 선생님께 고마움을 전합니다. 함께 글을 쓰고 함께 글을 읽으며 공감을 나눈 글쓰기반 동료들, 인문학 모임 친구들, 고맙습니다. 함께 하는 일이 저에게 큰 기쁨을 안겨주었습니다.

아내에게도 고마움을 전합니다. 한켠에 제쳐두었던 원고를 손수 모으고 또 출판할 수 있도록 길을 찾아주었습니다. 흔쾌히 출판하기로 결정해준 전지영 편집장, 김태화 대표에게도 고마운 마음을 전합니다.

2021년 가을에

일출봉에 부는 바람

검정고무신

성산포에 처음 왔을 때, 놀림을 받기도 했다. 나와 남동생은 머리를 빡빡 밀고 다녔다. 남동생도 나도 머리가 둥근 편이라 빡빡머리가 그리 흉해 보이지는 않았다. 동생은 "새야, 새야" 하면서 나를 졸졸 따라다니곤 했는데, "형아, 형아" 하는 부산 사투리였다. 둥글둥글 빡빡머리 꼬맹이가 "새야, 새야" 하며 알 수 없는 사투리를 하고 다녔으니 동네 아이들에게는 재미있기도 하고 신기하기도 했을 것이다. 그래서 동네 아이들은 나를 따라다니는 동생을 볼 때마다 "새야, 새야" 하며 흉내 내기도 하고 괜히 빡빡머리를 쓰다듬어 보기도 했다.

이렇게 친구들과 어울리던 오정개 바닷가 앞에 우뚝 선 소섬(우도)이 어머니의 고향이었다. 아니, 외할아버지의 고향이라고 말하는 것이 좀 더 정확한 표현이겠다. 소섬이 고향인 외할아버지는 일제 강점기 때 일본으로 건너가 자리를 잡았다. 어머니 말로는 배도 부렸다고 하니 살림살이가 그리 어렵지는 않았던 듯하다. 해방이 되자 어머니를 비롯한 자식들을 데리고 외할머니가 먼저 성산포로 돌아왔다. 외할아버지는 재산을 정리하고 들어오신다 했지만 끝내 돌아오지 않으셨다. 일본에 눌러 살면서 새로 결혼을 하고 자식들도 여러 명 낳으셨다.

2남 4녀의 맏이인 어머니는 홀어머니 밑에서 동생들 뒷바라지하며 고생스런 어린 시절을 보냈다. 이때의 심정을 나중에 어머니는 "일만 일만 했져." 하는 말로 토로하셨다. 하루 종일 쉴 새 없이 부엌데기처럼 일만 했지만 누구 하나 알아주는 사람은 없었다. 외할머니는 맏딸에게 고생한다는 말 한 마디 없이 일 못한다고 구박하기 일쑤였다고 했다. 말끝마다 "영애 이년, 영애 이년" 하는 말을 달고 살았다고 했다.

아버지는 성산포 토박이였다. 삼형제 가운데 둘째였는데, 일곱 살엔가 할아버지가 돌아가셔서 홀어머니 밑에서 자랐다. 아버지도 형편이 어렵기는 마찬가지였다. 초등학교를 마치자마자 성산포 수협에 사환으로 들어가 일을 하며 집안 살림을 거들어야 했다.

어머니 아버지 두 분이 성산포에서 결혼을 한 뒤, 부산으로 이주하였다. 일제 강점기부터 서귀포에서 성산포를 거쳐 부산으로 가는 배편이 있어서, 제주에서 부산으로 이주하는 일은 흔한 일이었다. 작은 배에다 순탄치 않은 항로여서 배 타는 일이 고생스러웠겠지만 어쨌든 배만 타면 하루 안에 부산에 갈 수 있었다. 척박한 제주를 떠나 부산으로 이주한 제주 사람들이 많이 모여 사는 곳이 영도였다. 내가 태어난 곳도 영도구 청학동이었다.

어머니는 부산에서도 물질을 하셨다. 영도에 살면서 다대포니 광안리니 하는 곳으로 물질 다니던 일을 나중에 가끔 이야기하기도 했다. 아버지는 사환으로 들어간 성산포 수협에서 경리를 배우셨다. 이때 배운 경리 일이 아버지의 평생 자산이 되었는데, 부산에 가서는 약국의 경리 자리를 얻게 되었다. 수완이 좋으셨는지 부지런히 모은 돈으로 근무하던 약국을 아예 인수하기도 했다. 이때가 아마 우리 집 살림이 가장 폈던 시절이리라. 할머니는 나중에 "젊어서 번 돈 아무 쓸모 없져." 하며 이때 일을 되새기며 자주 한탄하기도 하셨다.

그때를 정점으로 내리막길을 걷기 시작했다. 할머니는 내리막의 이유를 한 마디로 딱 잘라 말하시곤 했다. "핵맹 때문이주!" 약사 면허 없이 약국을 운영하기가 쉽지 않았을 테다. 게다가 4 · 19와

5 · 16을 거치며 허술했던 법률들이 정비되었다. 엄격한 법률 속에서 더 이상 약사 면허 없이 약국을 운영할 수 없었을 것이다. 그 뒤로 아버지는 이런저런 사업을 벌였지만 번번이 실패하였고, 더 이상 부산에 머물 수 없게 되었다.

그렇다고 가족들이 모두 성산포에 모여 살 수 있는 형편도 아니었다. 아버지는 부산과 제주시를 오가며 처리해야 할 일도 아직 남아 있었고 새로운 직장도 구해야 했다. 형은 중학교에 다니고 있어서 나중에 성산포로 오기로 했다. 어머니는 돈을 계속 벌어야 했으므로 충청도 대천 쪽에 물질하러 가셨다.

나중에 어머니가 얼핏 내비친 말로 미루어볼 때, 차라리 어머니에게는 이때가 인생에서 가장 마음 편한 시기였는지도 모르겠다. 우선 서해안이라 제주나 부산처럼 바다가 전혀 험하지 않았다고 했다. 또 해녀들이 원래 없던 곳이라 "물건"이 지천에 있었다고도 했다. 아마 배를 타고 나가 작업을 한 것 같은데, 배를 몰고 작업을 도와주는 분이 무척 배려심 많고 맘 편히 작업할 수 있게 해주었던 듯하다. 그분 칭찬을 여러 번 하기도 했다.

지금 되돌아보면, 그때 어머니는 가족들과 멀리 떨어져 있긴 했지만 나름대로 평온하게 지낸 듯하다. 평생을 가족들을 위해서만 살아온 삶에서 누려보지 못한 자유를 누린 것이다.

부산을 떠나 성산포로 오면서 두 손주를 떠안게 된 할머니의 고생은 말이 아니었다. 젊어서는 일찍 남편을 여의고 혼자 삼형제를 키웠다. 부산에서 우리 집에 살 때도 온갖 힘든 일을 마다하지 않았다.

할머니는 멀리서 걸음새만 보아도 당장 알아볼 수 있었다. 천천히 걷는 법이 없고 팔을 힘차게 좌우로 놀리며 뛰다시피 걸어오셨다. 걸음걸이만큼이나 성질도 급하고 다혈질이셨다. 그런 성격 때문인지 세 아들이나 며느리와 충돌하는 일이 잦았다. 시어머니에게 거슬리는 일 한번 한 적 없는 우리 어머니하고만 무던하게 지내셨다.

할머니는 아침마다 일찍 일어나 곱슬거리는 머리를 참빗으로 가지런히 빗고 비녀를 단정히 꽂으셨다. 겉으로는 성미가 급해 보이지만, 말을 할 때는 조근조근하게 목소리 톤부터 차분해졌다. 이건 이렇고 저건 저러니 이렇게 하는 것이 경우가 바른 일이 아니냐고 설득력 있게 말씀하셨다. 긴 이야기를 하실 때에는 꼭 이렇게 "경우 바른 일"로 끝맺음하셨다.

물질에서는 진즉에 은퇴했지만, 톳을 캐든 우뭇가사리를 따든 한 푼이라도 벌기 위해 바다에 나가 일을 해야 했다. 빌린 밭에서 유채 농사도 지어야 했다. 연료로 쓸 솔가지도 모아오고 소똥도 주어 와야 했다. 마른 소똥은 가늘고 고운 톱밥을 뭉쳐놓은 것처럼 생겼다. 밤중에 불목에 집어넣고 태우면 새벽까지 천천히 오래오래 탔다.

겨울밤 추위를 견디는 데는 소똥이 꼭 필요했다.

고구마를 썰어 뒷동산에서 말리는 일도 해야 했다. 딱딱하게 말린 고구마를 빼떼기라고 했다. 하얀 알약처럼 생긴 당원을 넣고 삶아 먹기도 했다. 아마 사카린이었을 것이다. 이렇게 쪄 먹기도 했지만, 파는 게 우선이었다. 잘 말린 빼떼기는 소주 만드는 주정공장에서 사갔다.

할머니가 이렇게 열심히 일을 한다고 해봐야 수입은 빤했다. 그러니 어쩔 수 없이 무조건 아껴 써야 했다. 새로운 물건이나 가구 같은 것을 사는 일은 없었다. 책상이든 뭐든 필요한 것은 어디서 구했는지 얻어오셨다. 이발비도 아까웠다. 그래서 나와 남동생은 성산포에 온 뒤로 늘 빡빡머리로 다녀야 했다.

먹는 것도 아껴야 했다. 그래도 동생이나 내게 한 가지 좋은 점이 있었다. 라면을 자주 먹을 수 있었기 때문이다. 라면 하나 끓여서 동생과 함께 밥을 말아먹는 때가 많았다. 그나마 가끔씩 라면을 먹을 수 있는 시간이 기다려지기도 했다.

냉장고가 없던 시절이지만 음식이 상해서 버리는 일은 거의 없었다. 밥이 조금 상했다 싶으면 할머니는 쉰달이를 만들어 주셨다. 조금 상한 밥을 펄펄 끓이면 죽처럼 걸쭉해지는데, 여기에다 빼떼기에 넣어 먹던 당원을 몇 개 넣었다. 시큼하면서도 달달한 맛이 났다. 요즘 먹는 음식으로 치며 조금 더 시큼한 요구르트 맛이라고나 할까.

하루는 할머니가 검정고무신 한 켤레를 가지고 오셨다. 희끗희끗 회색빛이 도는 것이 새 고무신은 아니었다. 성산포에 오기 전에 국제시장에선가 어느 큰 시장에서 어머니가 사준 고무신이 벌써 낡아버린 때였다.

할머니가 나더러 신으라며 들고 온 고무신을 살며시 들이미셨다. 하지만 나는 도저히 그 고무신을 신을 수가 없었다. 낡아서가 아니었다. 한눈에 봐도 그건 여자 고무신이었다. 고무신 앞이 갸름했을 뿐 아니라 꽃무늬가 새겨져 있었다. 무늬도 많이 닳아 언뜻 보면 티가 나지 않았다. 하지만 꽃무늬였다. 희미하긴 했지만 그건 꽃무늬가 분명했다.

할머니는 억지로 신기려고 하고 나는 한사코 신지 않으려 하고. 한동안 실랑이가 벌어졌다. 그러다가 할머니는 "아무렇지도 안 헌 건디" 힘없이 말하며 고무신을 내려놓았다. 아무렇지도 않은건데 왜 까탈스럽게 구느냐 하는 말이었다. 그 말에 더 이상 버틸 수 없었다. 조용히 신발을 신고 밖으로 나왔다.

발가락을 꽉 쪼이는 폭 좁은 고무신을 신고 보니, 머리에 머리핀을 꽂고 고무줄로 동여매기나 한 것처럼 어색하고 답답했다. 하지만 그 정도의 불편은 충분히 참고 넘길 수 있었다. 문제는 친구 녀석들이었다. 고무신을 신고 다니는 내내 긴장을 늦출 수 없었다. 친구들이 고무신의 정체를 알아챌 것만 같았기 때문이다. 그러면 이 녀석들이 분명히 여자 고무신 신은 놈이라고 놀려댈 것이다. 고무신을 더 이상 신지 않게 될 때에도 여자 고무신을 신었던 놈이라고 두고두고 놀려댈 것이다.

고무신에 새겨진 꽃무늬를 알아본 녀석이 있었는지는 기억나지 않는다. 알고도 모른 척 넘어갔을지도 모르겠다. 할머니도 마음이 계속 불편하셨는지 며칠 뒤 다른 고무신을 들고 오셨다. 이번에는 번듯한 남자 고무신이었다.

꽃무늬 여자 고무신 덕분이었을까? 희미한 꽃무늬를 확인하느라 고무신을 너무 열심히 쳐다본 때문일까? 이 무렵부터 왼쪽 오른쪽 신발을 엇갈려 신었다가 바꿔 신는 일은 더 이상 없게 되었다. 어느 날 아침 신발을 신으려고 보니 왼쪽 오른쪽이 엇갈려 있는 것이 한눈에 들어왔다. 이렇게 쉬운 일을 이제까지 못 했단 말인가? 어제와 오늘이 이렇게 달라질 수 있다니 무척이나 신기한 일이었다. 이렇게 뚜렷이 보이는 차이를 지금까지 분간하지 못했다는 것은 더 신기한 일이었다.

일출봉에 부는 바람

6학년 형, 누나들은 거의 다 모여 있었다. 옷가지들을 넣은 가방들 사이로 용설란이나 문주란 따위의 뿌리에 묻은 흙덩이가 비닐로 잘 감싸인 채 놓여 있었다. 서울 사람들에게 줄 선물이라고 했다. 그 흔한 문주란이 서울 사람들에게는 귀한 선물이라는 것이 신기하게만 생각되었다. 형편이 좋은 집에서는 전복이나 옥돔 같은 귀한 해산물을 선물로 준비했을 터였다.

오늘은 6학년들이 서울 구경 가는 날이다. 며칠 전부터 몇 명이 모이기만 하면 으레 서울 구경이 화제로 떠올랐다. 남대문도 구경하고 남산에 올라 빌딩이 숲을 이룬 서울 시내를 한눈에 내려다 볼 수 있다. 창경원에 가서 호랑이와 사자도 볼 것이다. 서울 리라초등학교에 다니는 부잣집 아이들 침대에서 잠을 자며, 생전 처음 보는 진기한 음식도 실컷 먹을 것이다. 게다가 비행기를 타고 서울로 간다는 것이 내 마음을 설레게 했다. 그러나 무엇보다도 아이들 관심이 온통 서울 구경에 모인 까닭은 이 모든 것이 공짜라는 것이었다. 우리도 6학년이 되면 공짜로 서울 구경을 갈 수 있다는 사실은 너무나 먼 이야기였고, 오늘 당장 떠나는 6학년 형들을 마냥 부러운 눈으로 바라볼 뿐이었다. 6학년 형 중에 오촌 아저씨도 있었다. 형처럼 따르며 그냥 삼촌이라고 불렀다. 한 학년에 한 학급밖에 없는 조그만 학교, 내가 성산초등학교 1학년에 다니던 때의 일이다. 바람이 살랑거리던 어느 날 아침이었다.

일출봉 자락 잔디밭에서 처음 썰매를 타던 기억이 떠오른다. 부산에서 성산포로 옮겨온 지 얼마 되지 않은 여섯 살 무렵이었다. 바람에 유채꽃 노란색이 실려올 것 같은 화창한 날이었다.

하나의 거대한 바위 덩어리라고 할 수 있는 일출봉 초입에는 마치 치마폭을 드리운 듯이 넓은 잔디밭이 펼쳐져 있다. 일출봉을 바라볼 때 왼쪽 치맛자락은 우뭇개였다. 오정개 바닷가 쪽으로 뻗어내려가며 바다 쪽으로 가파른 벼랑을 이루었다. 바다 반대쪽으로는 부드러운 곡선을 그리면서도 제법 경사가 있는 언덕을 이루고 있었다. 썰매를 타면서 짜릿함을 맛보기에 딱 알맞은 기울기였다. 우뭇개 언덕 아래에서는 치맛자락을 접어올리듯 무슨 호텔을 짓는다며 공사가 한창이었다. 썰매를 타고 내려온 평지에는 베니어합판 따위의 폐자재가 잔뜩 쌓여 있었다.

바람을 가르며 몇 번 썰매를 타고 있으면 공사장 쪽에서 누군가 득달같이 달려왔다. 그 모습을 본 아이들은 너나 할 것 없이 모두 줄행랑을 쳤다. 도망쳐야 할 아무 이유도 없다고 생각한 나는 그 자리에 그냥 서 있었다. 까만 바지에 흰색 와이셔츠를 입고 나비넥타이를 한 청년이 서울말을 쓰며 때릴 듯 달려들었다. "와 그라는데요. 여도 아저씨 땅이라예?" 하며 나는 대들 듯 말했다. 청년은 어이가 없다는 표정을 지으며, "그게 아니고 여기 널빤지 같은 것, 훔쳐가니까 그렇지. 앞으론 여기서 썰매 타지 마." 하며 순순히 넘어가 주었다. 걱정 반 호기심 반, 도망가다 말고 잡힌 나를 조금 떨어진 곳에서 지켜보던 형들 중에 한 명은 그 뒤에도 나만 보면 몇 번이나 눈을 동그랗게 뜨며 "와 그라는데요." 하며 흉내를 내곤 했다. 그때마다 나는 얼굴이 화끈 달아올랐다.

어떤 날엔가는 공사장 폐자재가 쌓여 있는 곳을 뛰어다니며 놀다가, 위로 뾰족하게 솟아오른 못을 밟은 적도 있었다. 까만 고무신을 뚫고 발바닥 깊숙이 못이 파고들며 많은 피가 흘러내렸다. 눈물을 흘리며 집에 갔더니 할머니가 "아이고, 큰일났져. 망치 좀 가져와 보라." 하며 말했다. 잔뜩 혼나겠거니 생각하며 왔는데 망치라니 너무 뜻밖의 반응이었다. 녹슨 못 가루를 그냥 놔두면 파상풍이라는 무서운 병에 걸릴 수 있다고 했다. 그 뒤로 나는 하루에 두세 번씩 상처 난 자리에 망치를 통통 두드렸다. 무슨 약을 바른 것도 아닌데, 신기하게도 1~2주일가량 뒤에는 상처가 감쪽같이 아물었다.

서울 구경을 마치고 돌아온 형들 주위로 몰려들어 진기한 얘기들을 들었다. 어떤 형은 잔디밭 깔린 정원이 있는 2층 양옥집에서 지냈다고 했다. 그러면서 생각지도 못한 말을 했다.

"서울 집에는 화장실이라는 데가 이서."

"화장하는 데?"

"그게 아니고 변소간이 집 안에 있는 거라. 물 내리민 싹 내려가 부러."

재래식 화장실과 돼지를 기르는 통시밖에 모르던 나에게는 너무나 충격적인 얘기였다. 같이 모여들어 형 이야기를 듣던 다른 아이들도 믿기지 않는다는 표정을 지었다.

온갖 학용품이나 장난감을 잔뜩 선물로 받아온 형도 있었고, 연필 몇 자루만 달랑 받아온 형들도 있었다. 삼촌이라고 부르며 내가 따르던 오촌 아저씨가 어떤 선물을 받아왔는지는 기억나지 않는다. 아마 공책 몇 권 받아오지 않았을까 싶다. 삼촌이 어떤 선물을 가지고 갔는지도 기억나지 않는다. 아버지 없이 어머니가 네 형제를 키워야 해서 집안 사정이 넉넉할 리 없었다. 마을 사람들 대부분이 전기를 가설한 후에도 한동안 호롱불을 켜고 지냈다. 그런 처지라 변변한 선물을 챙겨갔을 것 같지는 않다. 삼촌은 서울 구경한 얘기를 한 마디도 하지 않았다. 어른이 된 뒤에 물어보아도 쓴웃음만 지을 뿐 아무 말도 하지 않았다.

우리들한테는 책받침을 하나씩 나눠주었다. 리라초등학교 마크가 찍힌 노란색 교복을 입은 뽀얀 여자아이들과 남자아이들이 잔디밭에서 뛰어오는 사진이 실린 책받침이었다. 여자아이들은 단발머리에 베레모를 썼던 것 같고 남자아이들은 나비넥타이를 맸던 것 같다. 우리와는 너무도 먼 세계에 사는 아이들이었다. 누군가 책받침을 오므리면 평지인 잔디밭이 마치 언덕처럼 보이는 것을 발견하여, 몇 번이나 책받침을 오므리며 신기하게 바라보곤 했다.

마침내 호텔이 완성되었다. 일출봉 자락을 압도하며 큰 건물이 들어섰다. 사층인가 오층짜리 육중한 건물이라 굳이 큰 간판 같은 것이 필요 없었다. 처음 건물이 들어섰을 때는 옥상 아래쪽이 '일출봉관광호텔'이라고 한자로 된 간판이 걸렸던 것 같다. 내 기억에 깊이 남아 있는 간판은 '日出峰 호텔'이라는 큼직한 간판이다. 호텔 건물 이마에 한 글자씩 큼직하게 나붙었다. 시간이 지나고 호텔이 조금씩 쇠락해갈 때 안간힘을 쓰듯 세워진 간판이다.

그렇게 호텔이 모습을 드러낼 때, 한 가지 이해할 수 없는 일이 있었다. 호텔 한켠에 풀장이 들어선다는 것이었다. 호텔 바로 뒤에 우뭇개 바닷가가 있는데 왜 굳이 풀장을 지었는지 도무지 이해할 수 없었다. 하지만 막상 새파란 물이 가득 들어찬 수영장을 보니 마음이 바뀌었다. 새파란 수영장에서 꼭 한번 수영을 하고 싶었다. 끝내 해보지는 못했지만.

호텔을 세운 사람은 리라초등학교 이사장이라고 했다. 동네 어른들 말로는, 호텔을 지으려면 동네 사람들의 땅을 사들여야 했다. 그때는 관광객들도 별로 많지 않았고, 동네 사람들도 땅의 가치를 제대로 몰라 그냥 헐값에 넘겼다. 뒤늦게 헐값에 넘긴 동네 사람들이 불만을 터트리자 마지못해 6학년들 수학여행도 시켜주고 그랬다고 한다.

그렇게 호텔은 들어섰고, 호텔이 생기면서 관광객들도 늘어났다. 큰어머니와 작은어머니도 해삼이나 전복 따위를 접시에 썰어 파는 일을 시작하셨다.

일출봉 입구 언덕에서 왼쪽으로 가면 우뭇개 바닷가가 있다. 호텔 바로 뒤편에서 내려다보이는 바다다. 우뭇개 바닷가까지는 긴 계단을 내려가야 했다. 동네 아주머니들이 우뭇개로 내려가는 중간에 자리를 잡고 갓 잡은 해산물을 접시에 담아 팔았다.

"야야, 오분작이는 팔지 말라."

"게메마씀. 경헌디 물건이 어시난 어떵헐 수 이수꽈?(그러게요. 하지만 물건이 없으니 어쩔 수 있나요?)" 하는 동네 아주머니들의 대화를 흔히 듣곤 했다. 오분작이는 전복처럼 생겼는데, 전복보다 크기가 작았다. 게다가 눈에 안 좋다고 해서 날것으로는 먹지 않는 해산물이었다. 귀한 전복회를 찾는 외지인들이 많아 전복을 댈 수 없어서 오분작이를 내놓기도 했던 것이다. 외지인들은 오분작이가 있다는 것도 몰랐으니 전복과 오분작이를 구별하는 것은 애시당초 불가능한 일이었다.

일출봉 진입로 오른편에 있는 잔디밭은 골프장으로 바뀌었다. 어쩌다 눈이 쌓인 날, 동네 어른들과 아이들이 모여 꿩이며 참새를 잡는다고 부산을 떨던 곳이었다. 그리고 무엇보다 아무 할 일이 없을 때, 마음껏 뛰어다니다가 심심해지면 이리저리 괜히 뒹굴어 보기도 하던 곳이었다. 그렇게 뒹굴어도 잔디가 잘 자라 있어 다칠 염려도 없었다. 사방에 높은 철망이 쳐졌다. 철망을 넘어 주변에 떨어진 골프공을 주워다 주면 돈으로 바꿔준다고도 했다. 방과 후에 해가 질 때까지 골프공을 주우러 다니는 아이들도 있었다. 나는 우연히 골프공을 몇 개 주운 적은 있지만, 돈으로 바꾸지는 않았다.

호텔이 들어섰다고 해도 일출봉에 오르는 기쁨이 줄지는 않았다. 오히려 성산안을 누비고 다니는 기쁨은 더 커졌는지도 모르겠다. "성산안"이라고 부른 일출봉 분화구는 또 하나의 성산포였다. 둥그런 모습의 성산안은 뾰족뾰족 봉우리가 솟아 있어서 마치 커다란 왕관 모습 같았다. 할머니는 "성산안 봉우리가 백 개가 되시민 호랭이가 살아실 건디, 하나 모자란 아흔아홉 개밖에 안 되어 부렸져." 하고 말씀하시곤 했다. 그러나 일출봉에 호랑이가 살 수도 있다는 것을 상상하기는 어려웠다.

일출봉 꼭대기에 올라 시원한 바람에 땀을 식힌 뒤 가파른 길을 미끄러지듯 성산안으로 내려갔다. 실제로 여러 번 미끄러지기도 했다. 반대편 끝까지 간 다음 시계 방향으로 돌며 혹시 새알 같은 게 있나 않은지 살펴보기도 하면서 봉우리들을 하나하나 순례하기도 했다. 그러다가 심심해지면 당시 유행하던 "아부지, 돌 굴러가유." 하는 소리를 목청껏 지르며 봉우리들 사이의 낭떠러지 아래로 괜히 돌을 굴려 보기도 했다. 절벽 아래로 파란 바닷물이 출렁거렸다.

그래도 뭐니 뭐니 해도 일출봉 꼭대기에서 바람을 맞으며 성산안을 내려다보는 일이 좋았다. 한참을 바라보아도 시간 가는 줄 몰랐다. 촐베기가 끝난 가을이면 이발을 한 듯 산뜻한 모습이 너무도 시원해 보였다. 반대편 끝까지 뱀이 지나간 자국처럼 길이 선명하게 드러나 보였고, 그 길 3분의 1쯤 되는 곳에서 왼쪽으로 뻗어나간 길도 또렷이 보였다. 그 두 길 중간에 소나무가 한 그루씩 서 있었다. 소나무를 바라보다 보면 어디 아득히 먼 옛날, 아니면 아득히 먼 어떤 나라에 와 있는 것 같은 기분이 들기도 했다. 그때 일출봉에 불어오는 바람에는 풀 냄새가 섞인 듯했다.

일출봉 꼭대기 바람이 유난히 시원하게 느껴지던 날, 하산 길에 땀을 뻘뻘 흘리며 머리 위까지 올라오는 배낭을 메고 일출봉을 오르던 젊은 서양 사람을 만났다. 뒤에는 큼직한 물통을 짊어진 아저씨가 따라오고 있었다. 나중에 소문을 들으니 어떤 미국 사람이 성산안에 무슨 우주기지를 세운다고 했다. '우주기지'라는 말에 어린 가슴이 설레었다. 일출봉 분위기와 너무나도 딱 떨어지는 말처럼 들렸다. 일출봉 뒤편으로 펼쳐진 망망대해와 우주기지. 하지만 그런 기대는 오래 가지 못했다. 성산안에 지었던 건물이 벼락에 맞아 망가지고 미국 사람도 떠났다는 소문이 돌았다. 설마 하며 성산안에 올라가보니 반대쪽 끄트머리에 작은 오두막집을 지었던 자재들이 여기저기 흩어져 있었다. 진짜로 벼락을 맞았는지 자세히 흔적을 확인한 기억은 나지 않는다.

호텔이 들어서며 불길한 일이 생기기도 했다. 호텔에 묵었던 젊은 여자가 호텔 옆 낭떠러지에서 떨어져 자살을 했다는 얘기가 퍼졌다. 우뭇개와 오정개 바닷가 사이, 소섬과 바로 마주보는 곳이었다. 너무 가파르고 외진 곳이라 낚시 좋아하는 사람들이나 드나들던 곳이었다. 급히 뛰어가 보니 어른들과 아이들이 바위투성이 바닷가 이곳저곳에서 서성이고 있었다. 시체는 이미 치워간 것 같았다. "너, 시체 본 적 이시냐? 절대 보지 마라. 난 삼 일 동안 밥도 한 숟갈 못 먹었져." 하는 동네 형 말을 이미 들은 적이 있어, 시체를 보지 않은 것이 참 다행이라고 생각했다. 그 뒤로도 이런 일은 몇 번 더 있었다. 그리고 3학년이 되었을 때 즈음엔 공짜로 서울 구경 가는 행사는 없어져 버렸다.

호텔에는 한 번 정도 들어가 본 것 같다. 큰아버지를 따라 2층에 있는 커피숍을 가보았다. 호텔 복도에는 빨간 천이 깔려 있었는데, 숨이 약간 막힐 듯한 기운이 올라오는 것처럼 느껴졌다. 2층 커피숍 넓은 창으로 일출봉이 훤히 보였다.

그 뒤 한참 시간이 흘러 고등학생 때였던가, 일출봉 호텔 대신 일출봉 여관 간판이 내걸려 있었다. 2층 커피숍 자리에는 마을 해녀 아주머니들이 운영하는 식당인 '해녀의 집'이 들어서 있었다. 예전의 당당한 모습은 간 데 없고 페인트칠도 색이 바래 있었다. 수영장은 진작부터 폐쇄되었다고 했다. 그날따라 불어오는 바람의 소금기가 더욱 진하게 느껴졌다. 그 뒤로 일출봉에 거의 가지 못했다.

결혼할 즈음 아내와 함께 성산포에 인사차 갔을 때, 해녀의 집에 들렀다. 낯익은 동네 아주머니가 "영애 아들 아니냐?" 하며 반갑게 맞아주셨다. 게웃(전복 내장)과 전복을 잔뜩 넣은 전복죽을 실컷 얻어먹었다. 해초의 맛이 고스란히 담겨 있는 게웃으로 끓여낸 초록색 진짜배기 제주도 전복죽이었다.

이번 달 하순에 제주도로 가는 일정이 잡혔다. 이번에는 일출봉에 꼭 들러 보리라. 삼촌에게 서울에 여행 갔을 때 있었던 일도 다시 한 번 여쭤보고 싶다. 일출봉 호텔, 아니 일출봉 여관은 진작 철거되었다는데, 온전히 되돌아온 치맛자락의 모습이 너무도 보고 싶다. 이번 방문에 일출봉은 어떤 바람으로 맞아 줄는지.

성산포의 사계

이제 작살은 거두어도 좋다. 물안경 하나면 족하다. 한참을 헤엄쳐 검은여로 가는 길에 조심스럽게 물속을 바라본다. 와락 덤벼들 듯 모든 것이 가깝게 보인다. 두려움 속에서 살펴본다. 동그란 공기 주머니가 달린 모자반이 물 위로 오르는 듯 흔들거리는 사이로 자리돔 떼가 헤엄쳐 다닌다. 꼬리를 흔들며 살짝 방향을 바꿀 때마다 은빛 검은빛을 오간다. 노란색 초록색 줄무늬의 코생이, 어랭이 같은 물고기도 있다. 검은 바위 위에 크고 작은 수초들 사이에 빨간색 말미잘과 불가사리도 보인다. 바닷물 속을 볼 때마다 아득히 먼 옛날 어느 곳에 와 있는 것만 같다.

태풍이 지나고 나면 떨어진 문짝을 고치고 바다로 나선다. 한바탕 바다를 뒤집어 놓았다. 밀려온 감태가 모래 위를 가득 채우고 있다. 다시마처럼 생겼지만 크고 두툼하고 억세다. 동네 아저씨들이 감태 한 짐 짊어지고 모래 언덕 위로 나른다. 볏가리 쌓듯이 쌓는다. 밭에 쓸 거름이다. 고구마를 심어도 좋고 당근을 심어도 잘 자랄 것이다.

하얀 억새꽃 필 무렵이면, 동네 아이들과 어울려 일출봉에 오른다. 또 하나의 성산포가 그곳에 있다. 넓게 펼쳐진 분화구에는 잘 자란 촐이 뒤덮고 있다. 꼴을 촐이라고 불렀다. 동네 사람들이 자기 밭에서 촐을 베어 볏단처럼 묶고 있다. 옆으로 빠지지 않도록 여덟 단 정도를 엇갈리게 잘 포개어 아이들 등에 지워준다. 지게 같은 것 없이 무명 띠 하나를 8자 모양으로 엮은 것이었다. 이 무명 띠를 '베'라고 불렀다. 보자기가 만능 가방 역할을 하듯이 베는 만능 지게 역할을 했다. 뭐가 그리 신나는지 아이들은 등짐을 지자마자 꼭대기 쪽으로 내달린다.

기우뚱 균형을 잃어 한 단이 옆으로 빠지기 시작하면 와르르 모두 빠져버린다. "애기 났져." 하며 다른 아이들이 놀리면서 깔깔 웃는다. 여러 번 오가느라 지치고 목이 마르면 칡 한 뿌리 캐어 함께 먹어도 좋다. 짙은 흑갈색 껍질 속의 하얀 속살을 꺼내 씹는다. 달콤 쌉싸름한 맛이 힘을 돋운다. 꼭대기에 앉아 군데군데 베어지는 들판을 바라본다. 오목하고 너른 분화구가 이발을 하는 듯하다. 시원한 바람도 좋다.

이모부가 지붕을 이을 새끼줄을 꼰다. 초가집 지붕에서 진회색으로 삭은 촐을 내린다. 누렇게 잘 마른 촐을 새로 지붕에 올리고 새끼줄로 단단히 동여맨다. 마치 지붕 위에 바둑판을 새겨놓은 듯 새끼줄이 촘촘하고 가지런하다. 잘 드는 낫으로 묶은 새끼줄 끝을 싹둑싹둑 가지런히 자른다. 초가집 지붕도 갓 이발한 것처럼 산뜻하다. 마른풀 지붕의 색깔이 노랗게 싱그럽다. 이제 바람이 불어도 끄떡없다.

남은 촐을 태워 가마솥에 밥을 짓는다. 잔불에는 고등어 한 마리를 올려놓는다. 기름 끓는 소리를 내며 노랗게 익어간다.

찬바람이 불어오면, 물때를 잘 맞춰 새벽에 길을 나선다. 바람이 없으면 더욱 좋다. 장화를 신고 횃불과 들통을 챙긴다. 물이 빠지면서 까만 바위가 군데군데 드러난다. 그 사이에 물에 잠겨있는 작은 돌들을 들추면서 해삼을 잡는다. 배 색깔이 빨갛다. 살이 토실하고 단단하다. 횃불 타는 소리, 물살을 가르는 장화 소리, 이따금 들리는 모래 쓸리는 소리뿐. 새벽 바다는 고요하다.

한겨울에는 단단히 차려입고 바다로 나선다. 큰 바위 위에 동네 할머니들이 쪼그려 앉아 부지런히 몸을 놀리며 톳을 캐고 있다. 바위 위에 톳이 자글자글 붙어 있다. 장딴지가 뻐근하고 허리도 아파 온다. 바다 바람은 살을 파고든다. 할머니의 질펀한 농담에 함께한 동네사람들이 한바탕 웃어본다. 바람은 점점 거세진다.

바람 감싸 안는 올레 돌담길 안쪽 볕받이에 앉아 아이들 노는 모습을 바라본다. 어느새 노는 소리 아득해지며 꾸벅꾸벅 잠이 든다. 코를 간질이는 바람에 살짝 미소를 짓는다. 풋풋하고 알싸한 노란 동지꽃 맛이 바람에 묻어 있다. 성산포의 봄은 그렇게 또 다가오고 있다.

가문 잔치

곤밥이 먹고 싶었다. 배불리 먹고 싶었다. 쌀이 귀한 제주도에서 흰 쌀로 지은 곤밥을 먹는 일은 흔치 않았다. 엉겨붙어 떡이 되어버린 조팝을 한 끼라도 먹어본 사람이라면 곤밥이 얼마나 간절해지는지 알 수 있다. 곤밥이라면 간장 한 종지만 있어도 한 끼 뚝딱 먹을 수 있겠다고 할머니도 가끔 말씀하셨다. 사과도 먹고 싶었다. 반쪽이나 반에 반쪽이 아니라, 나 혼자서, 마음껏, 사과 하나를 온전히 먹고 싶었다. 그러나 무엇보다도 도새기 고기 한 점. 그 한 점이 먹고 싶었다. 이 모든 것을 먹을 수 있는 날이 잔칫날이었다. 잔치 집에 가는 것을 "잔치 먹으러 간다"고 했다.

잔치는 도새기를 잡으면서 시작되었다. 마당에 천막이 쳐지고 멍석이 깔렸다. 저마다 한 짐씩 그릇과 쟁반 따위를 싸들고 모여든 동네 아주머니들로 부엌이 부산해졌다. 그 즈음에 마당 한켠에 시커먼 도새기 한 마리가 네 발이 꽁꽁 묶인 채 숨을 헐떡이고 있었다. 평소의 표정 없는 모습과 달리 어린애처럼 웃고 떠드는 동네 아저씨들이 낯설어 보였다. 도새기 잡기를 놀이처럼 즐기는 듯했다. 어린 마음에 끔찍한 그 모습을 외면해 보지만 소리는 어쩔 수 없었다. 돼지 멱따는 소리가 무엇인지 그때 알았다.

큰 다라이에 피를 받고, 내장을 꺼내고, 제주식 순대인 수애를 만든다. 돼지 피에 별다른 재료 없이 쌀만 듬성듬성 박혀 있다. 구수하고 진한 돼지 피 맛이 얇은 돼지 내장의 쫄깃한 식감과 잘 어울렸다. 하지만 돼지 피의 진한 맛 때문에 많이 먹지는 못했다.

몸뚱이는 털을 그슬린 뒤 가마솥에 삶기 시작한다. 거기에다 중간에 뼈도 넣고 수애와 내장도 넣으며 국물을 우려낸다. 이렇게 여러 재료를 차례로 넣으며 우려낸 국물에 마지막으로 넣는 것이 몸이다. 육지에서는 모자반이라고 부르는 몸을 넣어 끓이면서 비로소 몸국이 완성된다. 돼지 뼈 우려낸 국물 맛에 돼지기름 맛이 섞이고 여기에다 내장과 수애에서 나온 작은 알갱이들도 가득 들어 있다. 여기에 넣은 몸은 느끼한 맛을 빨아들인다. 몸을 씹을수록 시원한 맛이 우러났다. 하지만 수애처럼 몸국도 외지인이 먹기에는 진입장

벽이 높은 음식이다. 나도 한참 큰 뒤에야 참맛을 알게 되었다. 어른이 된 뒤에 서울 친구들과 함께 몸국을 먹은 적이 있는데, 맛있다며 두 그릇을 비운 친구가 있는가 하면, 한 입 떠먹고 입도 대지 못하는 친구도 있었다.

삶아낸 도새기 고기 편육은 간장에 찍어 먹었다. 잔칫상마다 간장을 넣은 잔이 놓였다. 대폿잔을 절반으로 축소해 놓은 듯한 투박한 잔이었다. 아주 오랜 옛날부터 써온 물건일 거라는 생각이 드는 그런 잔이었다. 어른들은 소주도 이 잔으로 마셨다. 기름진 삼겹살이나 흐물거리고 한약 냄새나는 육지의 보쌈고기와 달리, 도새기 고기는 담백하고 살이 단단하다. 소금에 찍어도 소금이 잘 묻지 않는다. 간장에 살짝 찍어 먹어야 제 맛이다.

둘째 날이 가문 잔칫날이다. 셋째 날에 진행되는 결혼 예식은 다들 요식적인 행사로 여겼다. 가문 잔치가 열리는 날이 진짜 잔칫날이다. 곳곳에서 잔치 먹으러 왔다. 저마다 역할을 맡은 동네 아주머니들이 능숙한 손놀림으로 그 많은 손님들을 맞이하느라 분주하다. 아침 먹고 나가 놀고, 점심 먹고 나가 놀고……. 그렇게 실컷 놀고 들어와 또 곤밥에 도새기 고기를 먹었다.

몇 년 전 동남아시아의 원시 부족을 다룬 다큐멘터리를 보며 제주도를 떠올렸다. 돼지 사냥과 돼지고기로 축제를 벌이는 원시 부족의 모습은 제주도의 모습과 너무도 닮아 있었다. 축제에도 일상에도 도새기가 늘 있었다. 성산포에는 도새기를 기르는 집이 많았다. 마당 뒤켠에 돌담을 쌓고 바닥에는 보릿짚을 깔았다. 비를 피하고 잠을 잘 수 있도록 한쪽 구석에 지붕이 있는 침실도 마련해 주었다. 대부분 한 집에 한 마리만 키웠기 때문에 요즘의 공장식 축사에 비하면 모텔 급은 될 정도였다.

다른 한 쪽에 돌담으로 꽤 높은 단을 세우고, 거기서 사람들이 일을 본다. 이곳이 통시이다. 출입문은 따로 없다. 제주도 집 마당에서 올레까지 나가는 길이 바람을 끌어안아 안온한 곳이 되도록 만들어졌듯이, 통시도 바람을 끌어안되 폐쇄되어 답답한 공간이 되지 않도록 만들어졌다. 현기영 선생님은 바람 솔솔 통하는 통시에 앉아 일을 보던 순간을 대자연을 느끼는 시간이라고 썼다.

도새기는 사람이 오는 낌새를 눈치 채고 미리 와서 기다린다. 그런 다음 깨끗이 처리해 준다. 그래서 통시에서는 냄새가 그리 심하게 나지 않았다.

도새기는 뒤처리만 잘 한 것이 아니었다. 무엇이든 잘 먹었다. 집 안의 남은 음식은 다 도새기가 먹어치웠다. 특히 수박껍질을 잘 먹었다. 온 식구가 모여 먹고 남긴 수박껍질을 가져다주면 그 딱딱한 것을 무른 양갱을 먹듯이 야무지게 먹어치웠다. 그 모습을 지켜보노라면 나도 수박껍질을 그렇게 맛있게 먹을 수 있을 것만 같은 기분이 들었다.

마당에 걸어놓은 가마솥에서 몸국이 끓고 있는 잔칫집에는 특별한 공간이 하나 있었다. 임시로 지은 작은 방이었다.

잔칫집에 온 동네 사람들 중에는 "게난 오늘 도감이 누게라? 고기 참 잘 썰어신게." 하고 묻는 사람이 흔히 있다. 그러니까 "오늘 이 잔치집의 도감이 누구냐, 고기 맛이 참 좋은 걸 보니 예사 분이 아닌 듯하다." 이런 화제를 던지는 것이다. 잡은 돼지를 삶는 일에서부터 고기를 부위별로 나누어 쓰는 일까지 모두 도감 아저씨가 도맡아 했다. 살코기와 비계가 적당히 섞여 고기 맛이 조화를 이루어야 하고 자잘한 찌끄레기가 남지 않도록 요령껏 고기를 다뤄야 하는 것은 물론이다. 고기가 조금 부족하다 싶으면 여러 조각이 나오도록 바트게 썰고 넉넉하다 싶으면 조금 후하게 쓰는 기술쯤은 기본에 속하는 일일 것이다.

아늑한 작은 방을 훔쳐보면, 잔칫집이 떠들썩해질수록 고기 써는 속도도 빨라졌다. 도감 아저씨는 이따금 이마와 콧등에 맺힌 땀을 훔칠 뿐 짬 없이 고기를 썰었다. 고기를 썰고 양은 접시에 담고 또 고기를 썰고 양은 접시에 담고……. 연필을 깎아내듯 썰기도 하

고 저며내듯 썰기도 하는데, 한 점 한 점 모양이 달라 보이기도 하
고 같아 보이기도 한다.

그러는 사이 잔칫집 아주머니가 간간히 도감 방에 들어가 의논을
한다. "손님들 하영 올 거 담수다. 도새기 한 마리 더 잡아사쿠다."
도감 아저씨는 어떤 사람들이 다녀갔고 앞으로 올 사람이 누구인지
그 작은 방에서도 훤히 꿰고 있다. 손님들이 들고나는 속도와 고기
가 나가는 속도를 가늠하여 언제 얼마의 고기를 마련해야 할지 가
늠했다.

어느 잔칫집에선가, 빼꼼 열린 문으로 훔쳐보던 나를 부르던 큰
아버지가 생각난다. 그날 도감을 맡은 큰아버지는 썰던 고깃덩이를
밀쳐두고 고기 더미를 뒤지더니 새 덩이 하나를 꺼내들고 한입에
먹을 만큼 몇 점 썰어 내민다. "고기 맛이 다 같은 건 아니여. 이거
한 번 먹어보라." 그때까지 먹어보지 못한 고기 맛이었다. 단단한
살코기도 아니고 무른 비계 맛도 아니었다. 그 두 가지가 섞인 맛이
라고나 할까? 고기를 맛있게 먹는 나를 바라보던 큰아버지의 그윽
한 눈길을 잊을 수 없다.

어느 날인가, 성산포항으로 가는 길에 익숙한 비린내를 압도하는
냄새가 풍기기 시작했다. 노린내가 섞인 데다 썩은 내까지 나서 여

46

간 역겨운 것이 아니었다. 그때까지 맡아보지 못한 냄새였다. 희멀건 서양 돼지, 배가 땅에 끌릴 정도로 살찐 서양 백돼지를 기르는 축사가 한둘 생겨나기 시작한 것이다.

얼마 전부터 제주도에서는 토종 도새기의 종자를 되살리려는 힘겨운 노력이 계속되고 있다고 한다.

제주시로 옮겨간 우리 집에서는 1970년대 말까지도 도새기를 길렀다. 물론 그때 우리가 살던 제주시 무근성 근처에 돼지 기르는 집이 많지는 않았다. 그래도 제주시에 돼지를 기르는 집이 있을 정도였으니, 시골에는 돼지 기르는 집이 적지 않았을 것이다.

그러다가 갑자기 1980년대 중반까지 몇 년 사이에 도새기 기르던 집들이 순식간에 자취를 감춰 버렸다. 그 많은 토종 도새기들이 한꺼번에 사라져 버린 것이다. 지금 치르는 힘겨운 노력은 그때 종자를 보존하지 못한 대가이다.

그래도 가문잔치는 살아남았다. 마당에 천막도 멍석도 없고 식당이나 호텔에서 치르지만, 하루 내내 손님을 맞으며 음식을 대접한다. 도새기 고기를 직접 잡지는 않고 전문업체에서 공급해 주지만, 수애도 몸국도 먹을 수 있다. 온종일 손님들로 북적이는 호텔 식당의 가문잔치에서 도새기 고기 한 점 간장에 찍어 먹어보면 어릴 적 그 맛이 과연 되살아날까.

오정개 바닷가의 추억

성산포에서 반딧불이를 보았다는 것이 지금도 믿기지 않는다. 해는 지고 어둑어둑해진 어느 여름날, 나보다 한 살 위의 오촌 아저씨와 동네 친구들 몇 명이서 동쪽 바닷가 언덕으로 갔다. 언덕에서는 난생 처음 보는 광경이 펼쳐졌다. 노란색인지 옅은 연두색인지 초롱초롱 작은 불들이 온통 언덕을 뒤덮으며 날고 있었다. 같이 간 친구들이 "반딧불이다!" 하면서 소리쳤다. 세상에나 이렇게 예쁜 불빛이 있다니! 가로등도 없는 깜깜한 밤하늘에 노란 빛이 끝없이 춤을 췄다.

그때는 성산포에 전기가 막 들어오기 시작한 때여서 해가 지면 금새 깜깜해졌다. 같이 간 오촌 아저씨네는 호롱불을 피우고 있었다. 표현이 좀 우습긴 하지만, 불빛이 귀하던 시절이었다. 그렇게 깜깜한 바닷가의 밤이라 반딧불이 더 환해 보였을 것이다.

성산포에 오기 전에도 이렇게 많은 불빛을 본 적이 있었다. 부산을 떠나야 할 때가 다가오자 아버지는 부산 시내를 구경시켜 주신다며 자갈치 시장 같은 곳으로 나를 데리고 다니셨다. 한창 시장 구경을 하다가 계단을 오르기 시작했다. 가파른 계단이 끝날 것 같지 않게 끝없이 이어졌다. 용두산 공원이었다. 날은 벌써 어두워졌다. 공원에 오르니 수많은 빨간 불빛이 반짝거렸다. 불빛을 바라보며 아버지는 "야경, 참 멋있지?" 하며 몇 번이고 물으셨다.

계단을 한참 오를 때도 멋있는 야경 보여주마 하며 조금만 참고 올라가자고 다독였던 것도 같다. 아예 시내 구경을 나설 때부터, "오늘은 용두산 공원 가서 부산 야경 꼭 구경시켜 줄게." 이렇게 말씀하신 듯도 하다. 아버지는 용두산 공원 벤치에 앉아 제주도로 떠나면 이제 더 이상 볼 수 없다고, 열심히 봐 두라고 당부하며 한참 동안 부산 시내 불빛을 바라보셨다.

바닷가 언덕을 뒤덮은 불빛은 용두산 공원에서 바라본 불빛과 너무 달랐다. 마치 밤하늘의 별들이 내 앞으로 내려와 춤을 추는 것 같았다. 옅은 연두색 불빛이 너무 곱기도 하고 신기하기도 해서 좀 더 가까이에서 보고 싶어 반딧불이를 잡으려고 불빛을 쫓아다녔다.

용케 한 마리 잡아 살펴보니 꼬리 쪽에서 불이 나오고 있었다. 가까이에서 보면 전등 불빛이 빛나듯이 더 선명하고 초롱하게 빛나리라 기대했는데 그런 기대에 미치지는 못했다. 영롱하게 빛난다기보다 환한 연두색 물감이 칠해진 것처럼 보였다. 게다가 냄새는 더 실망스러웠다. 만질수록 냄새가 심해져서 오래 붙잡아둘 수 없었다. 그렇게 날아간 녀석은 무리 속에 섞여 어느덧 사라졌다.

반딧불이 무리는 여전히 노란 연두빛을 밝히며 밤하늘을 수놓았다. 친구들과 함께 반딧불을 쫓으며 이리저리 달려도 힘든 줄 몰랐다. 언덕 아래 바닷가에서는 철썩이는 파도 소리가 들렸다. 그날 오정개 바닷가 언덕은 반딧불이의 천국이었다.

성산포에서 일출봉을 마주보고 서면, 오른쪽 바닷가가 수매밑이다. 일출봉의 깍아지른 절벽으로 만들어진 왼편 바닷가는 우뭇개라 불렀다. 우뭇개가 내려다보이는 일출봉 입구에서 멀리 소섬과 나란히 바다를 따라 마을 쪽으로 언덕이 쭉 이어져 흘러내려왔다. 그 언덕이 끝나는 곳에 오정개 바닷가가 있다. 오정개 바닷가에서는 누워 있는 소를 닮았다는 소섬이 바로 앞에 보인다. 지금은 주로 우도로 불리는 곳이다.

부산에 살던 우리 가족은 아버지 사업이 기울면서 부산을 떠날 수밖에 없었다. 형편이 안 좋아 함께 살 수도 없었다. 나와 바로 밑에 남동생은 할머니를 따라 성산포로 왔다. 어머니 아버지의 고향이자 할머니가 시집와서 오랫동안 살던 곳이다.

우리는 당장 살 집이 없어 이모집 밧거리(바깥채)에 살게 되었다. 이모는 어머니 바로 밑에 동생이었다. 어머니보다 큰 키에 조금 마른 편이었는데 물질 잘하는 해녀로 인정받고 있었다. 물질 잘하는 해녀에겐 "머정이 좋다"고 하는데, 동네 아주머니들이 이모를 두고 "머정 좋다"고 하는 말을 여러 번 들었다. 전복 같은 귀한 해산물이 어디에 있는지 잘 찾아내는 사람에게 머정 좋다고 말한다. 그날의 날씨와 물때에 따라 어떤 곳에 어떤 해산물이 많은지 거의 무의식적으로 잘 알아내는 능력이다.

이모는 '머정'이 좋을 뿐 아니라 숨도 길어 오랫동안 잠수를 할 수 있었다. 제주시에서 잠수 오래하는 대회가 열린 적이 있다는데, 이모는 성산포 대표로 뽑혀 대회에 참석해 입상하기도 했다고 한다.

이모네 식구와 가끔 밥을 같이 먹을 때면 이모는 우리 아버지를 탓하는 말을 자주 하곤 했다. 이모부가 아버지 친구였다. 아버지가 이모와 이모부 사이에 다리를 놓아 두 분이 결혼하게 되었다. 이모는 이모부에게 늘상 잔소리를 늘어놓았다. 뭐가 그렇게 마음에 들지 않은지 우리 앞에서도 이모부 험담을 하기 일쑤였고, 이게 모두

너네 아버지 때문이라며 화살을 아버지에게 돌리며 말을 맺고는 했다. 물론 우리를 탓하려는 의도는 전혀 보이지 않았다.

우리 집에 비하면 이모네는 큰 부자였다. 이모부 집안이 좀 사는 집이라 농사짓는 밭도 여러 군데 있었다. 그런 이모부가 왜 그리 탐탁지 않은지 이모의 불평은 끝이 없었다. 자식들한테도 잔소리가 끊이지 않았고 지켜보는 사람이 무서울 정도로 혼을 내기도 했다.

그런 이모지만 사는 내내 우리에게는 싫은 소리 한번 하지 않았다. 언니에 대한 측은한 마음 때문이었을까. 맏딸인 우리 어머니가 얼마나 고생을 많이 했는지 이모가 잘 알고 있었기 때문일 것이다. 동생들이나 그 누구에게든 싫은 소리 한번 한 적 없는 어머니의 성품도 잘 알고 있고, 순탄치 않은 결혼 생활이 보기 딱하기도 했을 것이다. 이런저런 이유로 이모가 우리 형제에게 마음을 베푸신 게 아닌가 하는 생각이 들기도 한다.

마음 애틋한 이모 집에 살게 된 것도, 이모 집이 오정개 근처인 것도 우리에게는 행운이었다. 이모 집은 우뭇개 위 언덕이 흘러내려와 마을과 만나는 끝자락에 언덕을 니은 자로 잘라낸 자리에 들어서 있었다. 집 뒤켠에 가면 시루떡을 켜켜이 쌓아 놓은 듯한 언덕의 속살이 훤히 드러나 신비한 기운이 돌았다. 마당에 서면 마을이 한눈에 내려다 보였다. 집 뒤 언덕은 오정개 바닷가 언덕으로 바로 이어져 있었다. 언덕을 통해서 오정개로 가도 되고 올레를 지나 곧장 갈 수도 있었다. 오정개는 이모 집에서 가장 가까운 바닷가였다.

그때부터 뒷마당처럼 뻔질나게 오정개 바닷가에 드나들며 노는 일상이 시작되었다. 오정개 바닷가 언덕에서 반딧불을 본 것도 바로 이때, 부산에서 성산포로 막 옮겨온 무렵의 일이었다.

1학년이 되어 봄이 무르익을 무렵 소풍을 간다고 했다. 하지만 소풍가는 곳이 오정개 바닷가 동산이라고 했다. 매일 뛰놀던 곳으로 소풍을 간다니 너무나 실망스러웠다. 하기야 지금 돌이켜보면, 1학년에 갓 입학한 꼬맹이들이 얼마나 멀리 갈 수 있겠는가? 우뭇개 동산만 해도 아래로 절벽이 펼쳐져 있어서 선생님들이 보기에는 아주 위험한 곳이었을 것이다. 1학년 2학기 때는 성산포에서 저 멀리 식산봉까지, 2학년 때는 광치기 해변을 지나 섭지코지까지 멀고 먼 길을 가야 하는 소풍 생활이 시작되리라는 것을 그때는 알 수 없었다.

오정개로 간 소풍에서 점심 먹을 때 즈음, 한 아이가 울상을 짓고 울먹이더니 끝내 울음을 터뜨렸다. 육지에서 아버지와 함께 온 지 얼마 되지 않은 아이였다. 부모님이 이혼해 아버지와 함께 살게 된 것으로 우리는 알고 있었다. 큰 키에 뽀얀 살결인데다 다른 아이들과 달리 금방 산 듯한 새 옷을 입고 다녔다. 그날도 자주 입던 하얀색 새 점퍼를 입었는데 몸집에 비해 좀 커 보였다. 큰 하얀 점퍼 때문인지는 모르겠지만 몸집이 더 우람해 보였다. 아마 우리 반에서 몸무게가 가장 많이 나갈 듯했다. 제주도 말이 서툴러서 그런지 붙임성이 없어서 그런지 친구들 하고 잘 어울리지 않았다. 점심시간에 우리와 조금 떨어져 있던 이 덩치 큰 친구가 울음을 터뜨린 것이다. 아버지와 둘이서 객지에서 살면서 과자며 음료수며 잔뜩 싸왔지만, 도시락을 싸오지 못한 것 같았다. 엄마 없는 설움에다 도시락도 없고 친구들하고 어울리지도 못해 끝내 울음이 터져 나왔을 것이다.

부모님의 이혼 때문에 힘들어한 친구는 더 있었다. 지서 근처 반듯한 양옥집에 사는 친구였다. 형편이 괜찮은 만큼 늘 용돈을 얼마간 가지고 있었다. 친구는 껌을 좋아해서 방과 후에는 껌을 한 통 사들고 함께 오정개 동산으로 가곤 했다. 껌 하나 크기의 초소형 만화책이 들어 있던 '왔다껌'은 아직 없던 때였다. 친구는 커피껌을 특히 좋아했다. 껌 한 통 챙겨온 친구와 오정개 동산에 올라 바다가 잘 바라다 보이는 곳에 앉았다. 껌 포장지를 뜯고 나에게도 껌을 하나 건네준다. 달콤한 커피맛 껌은 처음 씹을 때가 가장 좋았다. 이때 씹은 커피껌 맛은 어른이 되어 커피믹스를 마실 때 되살아났다.

같이 껌을 씹으며 한참을 바다만 바라보기도 했다. 이제 몇 달 있으면 친구는 제주시로 가야 했다. 아버지를 따라가는지 어머니를 따라가는지 말이 없다. 아니면 그때까지도 다툼이 계속되고 있었는지도 모르겠다.

소풍에서 울음을 터뜨린 아이도, 내게 커피껌을 사주던 친구도 얼마 뒤 성산포를 떠났다. 두 친구가 떠난 뒤에도 오정개에서 모여 노는 일은 멈추지 않았다. 이혼 때문에 괴로워하던 친구들이 안타깝기는 했지만, 나는 어머니 아버지 없이 할머니와 함께 사는 것을 더 좋아했는지도 모르겠다. 어쨌듯 부모님의 큰 간섭 없이 자유롭게 뛰어놀 수 있었다.

성산포에 자주 다녀본 사람이라도 오정개 바닷가를 아는 사람은 드물 것이다. 우뭇개나 수매밑처럼 외지인에게 드러난 바다가 아니기 때문이다. 그런 만큼 동네 아이들끼리 간섭받지 않고 놀 수 있는 곳이었다.

그런데 한 가지 아쉬운 점이 있었다. 오정개 바닷가에서는 헤엄을 치며 놀 수는 없었다. 모래밭도 거의 없다시피 하고 온통 바위투성이라 맨발로 헤엄치며 다닐 수 있는 곳이 아니었다. 대신 보말(작은 고둥)을 잡기에는 좋았다. 먹을거리가 귀한 시절에 요긴한 간식거리가 되어 주었다. 잡아온 보말을 삶아 옷핀이나 바늘로 찔러 쏙

빼내 먹으면 고소하니 맛이 좋았다. 욕심 부려 너무 많이 먹은 날에는 속이 안 좋아 고생 좀 해야 하긴 하지만.

보말을 잡는 일은 어렵지 않았다. 썰물이 되어 크고 작은 바위가 드러나면 그저 가서 작은 돌멩이들을 들추며 줍기만 하면 되었다. 쌀쌀한 바람을 견딜 수 있으면 언제든 할 수 있는 일이었다.

부산에서 성산포로 옮겨와 처음 보말 잡으러 오정개 바닷가에 갔던 일이 떠오른다. 큰아버지 댁은 1남 7녀로 식구가 많았다. 나중에 막내가 태어나 1남 8녀가 되었다. 식구가 많아서 사촌누나들은 늘 집안일을 해야 했다. 그런 큰댁에 가면 언제나 활기가 넘쳤다. 누나들에겐 보말을 잡는 일도 집안일 가운데 하나였다. 누나들을 따라나서긴 했지만 처음 해보는 일이라 내가 무슨 큰 도움이 될 수는 없을 터였다.

물이 빠져나간 오정개 바닷가에서 작은 돌멩이들을 들추며 보말을 주웠다. 어느 순간 돌멩이를 뒤집었더니 뭔가 뭉툭한 것이 나타났다. 문어였다. 깜짝 놀라 나는 뒤로 물러섰다. 옆에서 보고 있던 누나가 소리쳤다. "뭉게, 확 잡으라!" 뭉게는 문어를 부르는 제주도 말이다. 누나의 말에 다시 정신을 차려 문어를 잡아보려 했지만, 어림도 없는 일이었다. 그 짧은 시간에 문어는 유유히 흔적도 없이 사라져버렸다. 손만 뻗으면 잡을 수 있는데, 사촌누나는 그 귀한 문어를 놓쳤다며 나를 두고 한탄하였다. "분시 몰랑, 분시 몰랑, 뭉게 놓쳐부러시네." 분수 몰라 문어를 놓치고 말았다는 한탄이었다. "제 분수 모른다" 할 때 쓰는 그 "분수"이지만 자기 앞가림에 더 가까운 뜻으로 쓰인다. 그때그때 상황에 맞춰 제대로 대처하지 못한다는 말이다. 그 뒤로도 사촌누나는 그때 일을 되새기며 분시 모르는 나를 놀려대곤 했다.

돌이켜보면 처음 오정개 바닷가에 갔을 때 문어를 본 것은 정말 일어날 법하지 않은 일이었다. 그 영리한 문어가 썰물에 바다로 나가지 않고 돌멩이 밑에 남아 있었다니! 결코 흔한 일이 아니었다. 물론 문어가 여섯 살짜리 꼬맹이에게 잡히는 두 번째 실수를 할 리도 없었을 테고.

아무튼 오정개 바닷가에 처음 갔을 때, 손만 뻗으면 잡을 수 있는 행운이 왔지만 움켜잡지 못했다. 그 뒤로 바다에 수없이 갔지만 그런 행운은 더 이상 오지 않았다. 오정개의 여름밤을 수놓던 반딧불이 또한 더 이상 볼 수 없었다.

오, 넣 들라!

일찌감치 저녁을 먹고 나와 해가 막 넘어가기 시작할 즈음에 놀기 시작할 때면, 무언가 짜릿한 일이 벌어질 것만 같아 설레는 마음이 더했다. 물론 낮에 노는 것도 좋았지만, 어둑어둑 해질 때면 "밥 먹으라." 하는 소리에 친구들이 하나둘 빠져 나가면서 흥 또한 빠져 나가기 마련이었다. 배불리 저녁을 먹고 나오면 한동안 방해받지 않고 맘껏 놀 수 있었다. 게다가 밤에만 할 수 있는 놀이도 있었다. 깜깜해지면 자치기나 구슬치기는 할 수 없지만, 깜깜해져야 더 재미있는 놀이다.

그렇다고 무슨 대단한 놀이는 아니었다. 깜깜한 밤중에 서로 숨어서 여기저기 살피며 기회를 엿보다가 상대를 먼저 찾아내어 "카멘!" 하고 외치는 놀이였다. "카멘" 소리와 함께 빵 하고 총 쏘는 시늉을 하며 손가락을 가위 모양으로 내뻗는다. 서로 먼저 발견했다고 우기는 일도 가끔 있긴 했지만, 대부분은 "내가 죽었다." 하며 순순히 인정하고 다음 판을 기약했다. 그때나 지금이나 하필이면 왜 카멘인지, 카멘이 도대체 무슨 뜻인지 알 길은 없지만, 장독대와 담벼락을 기어 다니며 죽었다 살아나고 죽었다 살아나는 놀이는 밤이 깊어지도록 이어졌다.

그러나 뭐니 뭐니 해도 가슴 설레게 한 것은 가끔씩 들어오는 가설극장이었다. 장이 들어서는 넓은 공터에 사방으로 누런 천으로 된 천막이 쳐져 있었다. 한참을 줄 서서 기다린 끝에 안으로 들어갔다. 울퉁불퉁 돌들이 솟아 있는 맨 땅바닥이었다. 물론 천정 같은 것도 없었다. 하지만 주인공이 다그닥다그닥 말을 타고 가는 장면만 보아도 좋았다. 영화 보러 오는 길에 "오늘도 중국영화냐?" 하면서 빈정대던 동네 아저씨를 도저히 이해할 수 없었다. 이렇게 재미있는 영화를 중국영화라며 깔보다니! 그때는 무협영화를 전부 중국영화라고 불렀다. 중국이란 나라는 이미 없어지고 중공으로 부르던 때, 중국영화라는 말이 남아 있다는 것도 신기한 일이었다. 아마 홍콩이나 대만에서 만들어진 영화였을 것이다. 그러나 어느 나라 어떤 배우가 나오는지는 전혀 중요하지 않았다. 그냥 신나는 칼싸움 영화면 좋았다. 아니, 그냥 아무 영화라도 좋았을 것이다.

하늘에 별이 총총 빛나며 밤이 깊어질 즈음 영화는 절정으로 치달았다. 주인공과 악당두목이 벌이는 최후의 결전, 아슬아슬 위기를 넘기며 주인공의 반격이 시작되었다. 그런데 악당두목은 분명히 진 것 같은데 다시 일어서고, 분명히 죽은 것 같은데 다시 벌떡 일어서서, 진작 끝날 것 같은 결투는 끝없이 이어졌다. 함께 간 할머니가 "저놈 저, 질기기도 질긴 놈이여!" 하며 탄식을 뱉어낸 뒤에야 영화는 끝났다.

제주도에는 넋 들이는 풍습이 있다. 아주 어렸을 적 방 안에서 뛰어 놀다가 꽈당 하며 뒤로 크게 넘어진 적이 있었다. 옆에 계시던 할머니가 다급하게 "물 떠오라!" 하고 크게 소리를 치셨다. 손에 물그릇을 받아들고 물을 한 입 가득 물었다가 내 얼굴로 확 내뿜으며 "오, 넋 들라! 오, 넋 들라!" 하고 외쳤다. 머리가 흠뻑 젖을 정도로 연방 물을 끼얹고 내뿜으며 '오 넋 들라' 주문을 외치는 사이, 할머니의 행동에 너무 놀라 그랬는지, 시원한 물을 맞아 그랬는지 신기하게도 아픈 것은 금세 잊어버렸다. 크게 놀라거나 겁을 먹을 만한 일을 겪은 아이에게 넋 들이는 풍습은 집에서 늘 벌어지기도 했지만, 아예 전문적으로 '넋 들이는 집'도 있었다. 한참을 잊고 지내던 나도 아이를 키울 때 여러 번 "오, 넋 들라!"를 써 먹기도 했다. 그때마다 아이도 느닷없는 소리에 순간적인 충격을 잊었는지 금세 평소 표정으로 되돌아왔다.

그날도 천막 극장에서 영화를 본 날이었을 것이다. 큰 길에서 장터로 들어가는 입구에서 벌어진 일이었으니까. 아마도 영화를 본 뒤에 아쉬운 마음이 남아서 장터 입구에서 얼쩡거리던 밤이었을 것이다. 뭔가 묵직한 것이 툭하며 치고 들어왔다. 나는 길바닥에 쓰러졌다. 배를 하늘로 향해 누워 있는 자세였다. 뒷바퀴가 서서히 배를 타고 올라오려고 했다. "여기 사람 이수다!" 하며 소리를 질러 보았지만 아무 소용없었다. 소리를 질러 보지도 못한 것도 같다. 주변의 모든 소리가 멈춘 듯했다. 슬로비디오처럼 바퀴가 내 배를 타고 넘는 동안, 어머니, 아버지, 할머니 모습이 순식간에 스쳐 지나갔다. 죽음 직전에 누구나 겪는다는 인생의 파노라마였을 것이다. 그런데 신기하게도 전혀 죽을 것 같지는 않았다.

배를 타고 넘은 바퀴가 잠시 뒤 멈추었다. 순간 주변의 시끄러운 소리가 들려왔다. 잽싸게 차 밖으로 튕기듯 일어나 나왔다. 후진으로 내 배를 타고 넘은 택시의 기사가 문을 열고 내 쪽으로 왔다. 20대 중반 정도의 택시 기사는 겁먹은 표정이었지만, "이 새끼, 너 때문에 큰일 날 뻔했잖아!" 하고 소리치며 내 뺨을 때렸다.

주변에 여러 사람들이 있었지만, 가로등도 없이 워낙 깜깜한 터라 바로 옆에 있던 사람이 아니라면 무슨 일이 일어났는지 알지 못했을 것이다. 초등학교도 안 들어간 어린 남동생이 울면서 다가왔다. 옆에서 모든 걸 지켜본 모양이었다. 아마 동생이 울고불고 소리쳐서 택시가 멈추었을지 모르겠다. 하여간 나는 기적적으로 몸 상한 데 없이 살아났다는 생각뿐이었다. 얻어맞은 뺨이 아픈지도 몰랐다. 도망치듯 그곳을 빠져나왔다. "오늘 일은 아무한테도 말하지 마라!" 하고 동생에게 다짐을 받아두었다. 행여 가족들이 알면 걱정도 할 것이고, 더구나 크게 혼이 날지도 모른다는 생각이 들었다. 그 뒤로 동생이 그 이야기를 몇 사람에게 하는 걸 들었지만, 듣는 사람들은 별로 믿지 않는 눈치였다. 그래서 그랬는지 동생이 그 사건을 입에 올리는 일에 흥미를 잃은 것 같았다.

그 일을 겪은 뒤, 이상야릇한 쾌감 같은 게 들기도 했다. 내가 특별히 선택받은 사람은 아닐까? 내 몸이 특수한 몸이라 그 정도쯤은 너끈히 견뎌낼 수 있었던 것은 아닐까? 이런 생각도 들었고, 그 "질기기도 질긴 놈"이 떠오르기도 했다. 천천히 후진하는 차에 깔리는 것은 어쩌면 대수롭지 않은 일이었던 것일까?

넋 들이는 집에 갔던 기억이 난다. 대학생 때 어머니 손에 끌리다 시피 갔다. 겉으로 보기에는 그저 평범한 가정집이었다. 대문으로 들어설 때부터 향 피우는 냄새가 솔솔 풍겨 나왔다. 작은 방으로 들어서니 화려한 색깔의 탱화가 벽면을 가득 채우고 있었다. 사천왕상에 나올 듯한 모습의 기괴한 인물들, 그 사이사이로 이런저런 꽃들이 잔뜩 그려진 탱화였다.

넋 들이는 아주머니는 특별할 것 없는 동네 아주머니처럼 보였다. 어머니와 아주머니는 처음 보는 사이였지만 마치 자주 만나는 이웃집 사람처럼 스스럼없이 얘기를 나누었다.

"야이가 이치룩 비쩍 말랑 걱정이우다." 하며 어머니가 걱정스런 목소리로 말했다. 어릴 때부터 살이 안 오르는 나를 보며 안쓰러워 자주 하던 말이다.

"놀랜 생이우다. 어릴 때 얼 먹은 일 이수꽈?" 하며 아주머니가 묻는다. 이 대목에서 내가 그 사건을 얘기했어야 했다. 그 일만큼 놀라고 얼빠지게 한 일은 내게 없었으니까. 그랬다면 "아이고, 놀랬구나. 얼 먹어 부렀구나." 하며 한 바탕 푸닥거리든 넋 들이는 일이든 하였을 것이다. 그러나 감옥에서 금방 나와 끌려오다시피 했으니 이런 일에 마음을 털어놓을 내가 아니었다.

별 대수롭지 않은 내 어릴 적 이야기를 몇 마디 주고받더니, 어머니는 할 수 없었는지 감옥 갔다 온 얘기를 꺼내고 그걸로 간단이 넋 들이는 일을 해주었다. 그래봤자 나에게 그런 식의 넋 들이는 일이 별 효험이 없으리란 것은 그 아주머니도 잘 알고 있었을 것이다.

그렇다고 그때 그 사건을 털어놓았으면 좋았을 걸 하고 후회하는 것은 아니다. 물론 그렇게 일이 진행되었더라면, 아들의 큰 짐 하나를 덜어주었다는 마음에 어머니의 속은 한결 편안해지셨을 것이다. 그런 어머니의 마음을 헤아리지 못한 미련한 내가 후회스럽기도 하다.

하지만 죽을 고비를 넘긴 그 일이 알게 모르게 내가 지금껏 살아오는 데 커다란 힘이 되어주었을 것이다. 내 마음의 굿판은 이미 여러 번 벌어졌는지도 모르겠다. 더구나 앞으로 감당하기 힘든 일이 닥친다 해도 그 사건을 떠올리며 이렇게 스스로를 달래게 될 것이다.

"오, 넋 들라! 오, 넋 들라!"

저 푸른 초원 위에

토요일은 전교생이 줄지어 집으로 돌아가는 날이었다. 할머니가 늘 반공일이라고 부르는 토요일만의 특별 행사였다.

내가 입학했을 때, 성산초등학교는 일출봉 반대편, 통밭알이라 불리는 바닷가 바로 옆에 있었다. 바다 멀리 건너편에 식산봉이 봉 긋 솟아 있었다. 이곳 바다는 성산포항에서 통밭알을 지나 동남에서 식산봉으로 이어지는 커다란 만을 이룬다. 그래서 그런지 바람 많은 성산포이지만 통밭알에서는 언제나 잔잔한 바다를 볼 수 있었다. 썰물이면 넓은 모래밭이 드러나고 조개도 많았다. 특히 '대칼'이라고 부르는 맛조개가 많아 삼촌을 따라 자주 갔다. 그런데 해수욕은 하지 않았다. 모래에 깨진 유리들이 많아 맨발로 다닐 수 없는 곳이었다.

입학할 때부터 학교까지 누가 데려다주거나 데려오는 일은 없었다. 혼자서 또는 친구들과 어울려 학교를 다녔다. 같은 반 친구들 중에도 어른이 학교에 데려다주거나 데리러오는 경우는 별로 없었다.

토요일 수업이 끝나면, 1학년이 맨 앞에 서서 학년별로 차례차례 교문을 나섰다. 일출봉 입구 쪽으로 향하는 길을 따라 줄지어 가다가 자기 집이 가까워오면 하나둘씩 줄에서 빠져나가는 식이었다. 우리 1학년들이 노래를 불렀는지 무슨 구호에 따라 발을 맞춰 걸었는지 기억이 나지 않는다. 고학년들은 자기들끼리 알아서 노래를 불렀던 것도 같다.

손수건을 가슴에 매단 꼬맹이 1학년부터 덩치 큰 6학년까지 줄을 지어봐야 모두 해서 여섯 반밖에 되지 않았지만, 그때 내게는 큰 부대가 이동하는 것만큼이나 거대한 행렬로 보였다. 우리 행렬이 동네를 지나갈 때면, 동네 아주머니, 할머니 들이 길가로 나와 흐뭇한 표정으로 지켜보았다. 저기 누구 집 딸을 보며 "요망지게(야무지게) 잘도 걸엄져!", "아이고 옷도 꼽닥하게도(예쁘게도) 입었져." 이런 칭찬을 하기도 했다.

동네 한 바퀴를 다 돌고 나서 성산지서까지 행진이 이어졌다. 성산포항처럼 멀리 사는 친구들은 이곳에서 해산한 뒤 각자 자기 집으로 갔다.

어느 날인가, 토요일도 아닌데 저 멀리서 무리를 지으며 걸어오는 아이들이 있었다. 수매밑 쪽에서 오정개 쪽으로 오고 있었다. 무슨 일인가 궁금해서 걸어오는 무리를 향해 달려가는데 길에 있던 어느 아주머니가 남진이 왔다는 말을 했다. 믿을 수 없는 일이었다. 정말, 그 유명한 가수, 남진이 우리 마을에 왔단 말인가!

유명한 사람이 온 적이 있긴 했다. 남궁원이라는 남자배우였다.

언젠가 우뭇개 바닷가 모래밭에 작은 집이 하나 세워졌다. 나무로 얼개를 만들고 온갖 풀을 꽂아놓은 작은 집이었다. 어른 두 명이 들어가기도 어려울 정도로 작아 보였다. "넓고 넓은 바닷가에 오막살이 집 한 채" 하는 노래에 나오는 그 오막살이가 떠오르는 집이었다. 이 오막살이에서 영화촬영을 한다고 했다. 영화촬영이라니 왠지 가슴이 설렜다. 부산 살 때 본 영화든 학교 옆 장터에 가끔 서는 천막극장에서 본 영화든 지금까지 본 영화는 모두 재미있었다. 그렇게 재미있는 영화를 촬영하는 모습을 실제로 직접 보면 얼마나 재미있을까? 저절로 마음이 설렜다.

영화촬영할 날을 손꼽아 기다리며 괜히 우뭇개 바닷가에 가 오막살이 집 한 채를 한참 바라보다 오곤 했다. 내가 좋아하는 우뭇개 바닷가와 오막살이. 뭔가 굉장한 일이 벌어질 것 같았다.

마침내 영화촬영을 한다는 소문이 들렸다. 급히 우뭇개 바닷가로 가보니 벌써 사람들이 모여 있었다. 아이들만이 아니라 동네 아저씨들도 여럿이 모여 웅성거리고 있었다. 카메라와 알 수 없는 도구들도 여럿 놓여 있었다. 영화촬영 때문에 온 낯선 사람들도 많았다. 웅성거리던 소리도 그치고 드디어 영화촬영이 시작되었다.

오두막집 앞으로 여자배우와 남자배우가 등장했다. 여자배우가 누구인지는 기억이 나지 않는다. 남자배우는 남궁원이라고 했다. 얼굴이 조금 거무스름한데 광채로 반들거렸다. 번들거리는 얼굴이 정말로 영화 화면에서 뛰쳐나온 것처럼 잘생긴 배우였다. 영화배우들이 모두 분장을 한다는 것은 훨씬 뒤에야 알았다. 남궁원은 웃통을 벗고 짧은 바지만 입고 있었다. 나중에 텔레비전에서 타잔을 처음 보았을 때, 반바지를 입은 남궁원의 모습이 떠올랐다.

남궁원이 오두막 앞 모래밭에 한쪽 팔을 기대고 누웠다. 여자배우가 옆에 있었다. 이 장면이 여러 번 되풀이되었다. "레디 꼬!" 하는 소리에 남궁원이 여자와 몇 마디 말을 나누다가 "컷!" 하는 소리에 멈추었다. 이런 일이 여러 번 되풀이되었다. 남궁원이 바닷가 쪽으로 가는 장면도, 바닷가에서 다시 오두막으로 뛰어오며 여배우를 향해 웃는 장면도 여러 번 반복되었다. 구경하던 어른들도 하나둘씩 자리를 뜨기 시작했다. 영화촬영이 이렇게도 재미없는 일이란 말인가.

지루한 영화촬영도 한 가지 볼거리는 제공했다. 촬영이 다 끝났는지 오두막에 휘발유 같은 것을 끼얹었다. 불을 붙이자 활활 타올랐다. 불장난이야 몇 번 해보았지만 그렇게 큰 불 구경은 처음이었다. 작은 오두막이었지만 불은 크게 활활 타올랐다.

멀리 수매밀 쪽에서 다가오는 일행을 바라보니 키 큰 어른이 한 명 있었다. 조금 헐렁한 셔츠를 입고 머리를 건들거리며 걷는 모습이 정말 남진이 머리를 까닥거리며 노래할 때의 그 모습 같기도 했다. 얼마 전부터 "저 푸른 초원 위에" 하며 목청껏 부르던 노래, 그 노래를 부른 가수가 맞는 것 같았다.

사실 그 당시에는 아는 노래가 별로 없었다. 학교에서 몇 곡 배우기는 했지만 우리끼리 있을 때 그런 노래를 부르는 애들은 없었다. 간혹 가다 여자애들하고 같이 놀 때면 "우리 집에 왜 왔니, 왜 왔니" 하는 노래나 부를까 같이 부를 만한 동요도 없었다.

무슨 뜻인지도 모르고 불렀던 "새야 새야 파랑새야, 녹두꽃에 앉지 마라. 녹두꽃이 떨어지면 청포장수 울고 간다." 하는 노래가 떠오른다. 그밖에 〈클레멘타인〉도 자주 불렀다. 해가 질 무렵 수매밀 바닷가에서 놀다가 누군가가 "넓고 넓은 바닷가에 오막살이 집 한 채"로 시작하는 그 노래를 부르면 함께 따라 부르곤 했다. 바닷가에 사는 사람들을 위한 노래처럼 생각이 되었다. 슬프고 아득한 마음이 들곤 했지만 자주 불렀다. 왠지 바닷가에서는 이 노래를 불러야 할 것 같았다.

그러던 어느 날 일출봉 자락에서 놀고 있는데 한 녀석이 "저 푸른 초원 위에 그림 같은 집을 짓고" 하고 노래하기 시작하자 "저 푸른 초원 위에" 하고 다 같이 노래했다. 남진이 부른 노래라고 했다. 세상에 이런 노래도 있었단 말인가?

집에 라디오도 없고 텔레비전도 없어서 노래를 들을 기회는 별로 없었다. 어쩌다 어른들이 부르는 노래, 가끔 보는 텔레비전에서 부르는 가수들의 노래를 듣기는 했지만 우리들이 따라 부를 만한 노래는 거의 없었다. 그런데 "저 푸른 초원 위에"는 달랐다. 한 번만 들어도 귀에 쏙 들어오고 금방 따라 부를 수 있었다. 처음 들은 그 날도 몇 번이나 친구들과 같이 불렀다. 여러 번 불러도 물리지 않았다. 나중에 텔레비전 있는 집에 놀러가 남진이 노래하는 모습을 보게 되면서 가수 남진의 모습을 알게 되었다.

그 노래를 부른 가수, 남진이 저기 우리 동네 애들과 함께 걸어오고 있었다. 단숨에 뛰어가 일행에 합류했다. 나를 본 남진은 "왔다매, 검기도 검은거." 하며 까맣게 탄 내 얼굴을 보더니, "그려, 잘

왔어. 같이 가불자!" 하며 맞아주었다. 이렇게 일행과 함께 동네를
걸었다. 토요일에 학교를 파하고 동네를 줄 지어 걸을 때처럼 길가
에 나와 있던 아주머니, 할머니들이 마치 잘 아는 동네 청년을 만난
것처럼 남진을 반갑게 맞이했다. "이게, 누게라? 남진이 아니라?"
하고 말하면 남진은 잘 아는 동네 아주머니를 만난 듯이 "맞어라,
남진이어라." 하고 생글거리는 미소로 응수했다. "아이고, 남진이
왔구나!" 하는 말에는 "맞어라, 남진이 왔어라." 하며 대답했다.

셔츠자락을 휘날리고 고개를 까딱까딱거리며 마치 노래를 부르
듯 춤을 추듯 남진이 동네 조무래기들과 한참 동안 동네를 걸어 다
녔다. "안녕하시시오, 아줌니." "남진이어요." 하면서 만나는 동네
사람들마다 인사를 하는 사이사이, "성산포에서 제일 멋진 곳이 어
디냐?", "너네들끼리 자주 가서 노는 것이 어디냐?" 이런저런 것들
을 물어보며 생글거리는 미소를 지었다. 토요일 행렬이 해산하는
성산지서도 지나고 용당벌을 만나는 주택가 끝까지 남진의 행렬은
이어졌다.

그날 남진은 성산포에 왜 왔을까? 막 최고의 인기를 누리던 〈님
과 함께〉의 가수, 인기 절정의 가수가 관광 삼아 성산포에 왔을지
도 모른다. 그런데 하필이면 왜 꾀죄죄한 동네 조무래기들과 동네

를 누비며 다녔을까? 그런 일이 실제로 있었는가? 이제는 까마득한 일이 되었다.

하지만 그날 이후로 "저 푸른 초원 위에"는 우리들의 노래가 되었다. 일출봉 자락 잔디밭에서 한참을 놀다가 누가 "쿵짝쿵짝" 하고 전주라도 시작하면 모두들 목청껏 소리를 지르며 노래를 불렀다. "저 푸른 초원 위에 그림 같은 집을 짓고." 일출봉 초원에서는 왠지 이 노래를 불러야 할 것 같았다.

그리고 아무 일도 일어나지 않았다

성산포의 밤은 일찍 찾아왔다. 성산포에 살던 당시에는 그런 줄을 몰랐다. 불빛 꺼질 줄 모르는 도시에서 생활하다 어쩌다 찾아가 보았을 때에야 깨닫게 되었다. 해가 지면 하루 종일 북적대던 관광객들이 썰물처럼 빠져나가고, 한적한 시골 마을의 모습으로 되돌아왔다. 어둑어둑한 거리에는 이따금 밤마실 가는 동네 사람 한두 명이 보일 뿐 이내 밤의 깊은 적막으로 빠져들었다. 지금도 성산포에서 밤을 지내본다면 이런 분위기를 느낄 수 있을 것이다.

게다가 성산포는 사면이 바다인 거나 다름없었다. 뱀 꼬리처럼 가느다란 모래 언덕으로 신양리와 동남까지 겨우 이어져 있을 뿐이다. 낮에는 일출봉의 늠름한 모습 때문에 성산포 전체가 바다 위로 우뚝 솟아 있는 것처럼 보이지만, 밤이 되면 마을 전체가 바다에 안긴 듯 깊은 어둠에 싸였다. 마을 양옆의 깎아지른 낭떠러지는 짙은 어둠을 더욱 짙어 보이게 했다.

그렇게 어둠이 깊어가는 날, 사촌들과 함께 모이면 자연스럽게 이런저런 옛날이야기가 시작되기 마련이고 끝내는 으스스한 귀신 이야기로 이어졌다. '빨간 종이 줄까 파란 종이 줄까' 하는 이야기부터 시작되어 학교 괴담이나 병원 괴담이 뒤를 이었다. 무서운 이야기를 들은 그런 날에도 통시에는 가야 했다. 참다 참다 못해 통시에 가야 할 때면 큰 소리로 노래를 부르며 무서움을 견디곤 했다.

그 중에서도 가까운 사람들이 직접 겪은 일을 듣는 것만큼 실감 나는 이야기는 없었다. 아버지 친구 분이 술을 잔뜩 마시고 신양리 쪽에서 성산포로 들어오는데, 허공에 하얀 옷을 입은 귀신이 춤추듯 나타나 정신이 바짝 들었다고 했다. 걸음아 날 살려라 하며 터진 목 쪽으로 달려왔다고 한다. 그렇게 달려오면서 뒤를 힐끔 돌아보았더니 귀신이 여전히 허공에서 춤을 추고 있었는데 이상하게도 자기를 쫓아오지는 않았다. 다음날 왔던 길을 되돌아가 보니 전선줄에 하얀 옷이 걸려 펄럭이고 있었다고 했다.

비슷한 이야기는 또 있다. 학교에서 공부하다가 컴컴하게 어두워진 저녁에 집으로 돌아오는데, 덜컥덜컥하는 소리가 들려 덜컥 겁이 났다. 있는 힘껏 달렸더니 덜컥거리는 소리도 덩달아 더 빨라지고 요란해졌다. 그렇게 혼쭐이 나며 달렸건만 나중에 집에 와서 보니 가방에 있던 도시락의 수저가 덜컥거리는 소리였더라 하는 이야기였다. 이처럼 결말이 허탈한 유머로 바뀌기도 했다.

뱀 꼬리가 시작되는 곳을 터진목이라고 불렀다. 터진 길목이라는 뜻일 테니 이름이 그럴 듯했다. 터진목에 오촌 이모네 집이 있었다. 인가에서 좀 떨어진 외진 곳에 살던 이모는 6학년쯤 되었는데, 아버지를 일찍 여의고 동생들을 거의 키우다시피 했다. 집안일 때문에 학교에는 나오는 둥 마는 둥했다. 이모는 밤만 되면 바닷가 쪽에서 아기 우는 소리가 들려 무서워 잠을 잘 수가 없다고 했다. 몇 년 전에 동네 어느 집에서 죽은 아이 귀신이 밤마다 나타나 우는 소리라고 했다. 가끔 대낮에 그 집 근처를 지날 때면 그 이야기가 생각나 힘껏 달려 도망치듯 지나치곤 했다.

대학에 들어와 후배 하숙집에서 잔 적이 있었는데, 밤새도록 아기 우는 소리가 들려 잠을 이룰 수 없었다. 아침에 일어나 그 얘기를 후배에게 했더니, "아이 형도. 그거 발정 난 고양이 소리 아니꽈?" 하는 것이었다. 그 순간, 터진목에서 들었다는 죽은 아기 귀신 이야기가 떠올랐다.

귀신 이야기에 빠지지 않는 것 가운데 도깨비불도 있었다. 아주

어렸을 때부터 오촌 아저씨가 "도깨비불은 인광이라는 거라. 사람이나 동물 뼈에 있는 인이라는 성분이 밤에 빛을 내는 거 뿐이주게." 하는 말을 자주 들어서 무슨 신비스런 느낌을 품지는 않았다.

민가가 끝나고 일출봉이 시작되는 초입에 작은 절이 있었다. 그 절에 고등학생쯤 되는 중이 있었는데, 검은 뿔테 안경을 쓰고 있었다. 아마 절에서 거둬 키우던 동자승이었을 것이다. 동자승이라기엔 나이가 많았지만. 유난히 하얀 얼굴이었고 빡빡머리마저 투명해 보였다. 고성에 있는 성산수산고등학교에 다녔던 것으로 기억한다.

중이든 학생이든 모두 빡빡머리여서 그것으로는 구별이 되지 않았지만, 동네에 펑퍼짐한 회색 바지를 입고 나타나곤 해서 절에서 살고 있다는 것을 단박에 알 수 있었다. 제주도 말은 전혀 쓰지 않고 육지 말을 썼는데, 그 때문이었는지 동네 형들과 잘 어울리지 못하는 듯했다. 혼자 술을 자주 마시는 것 같았다. 날마다 고성에서 술을 마시고 밤늦게 들어온다는 얘기가 들렸다. 그러던 어느 아침, 그 형이 일출봉 절벽에서 떨어져 죽었다는 소문이 돌았다. 술 먹고 절에 돌아오다가 변을 당했다고 했다. 절의 불빛도 꺼져버린 너무 컴컴한 밤에 일출봉 주위를 헤매고 다니다 도깨비불을 보게 되고, 그걸 따라가다 그만 낭떠러지에 떨어져 죽었다는 것이었다. 죽은 자는 말이 없는데 동네 사람들은 어떻게 도깨비불에 홀려 죽었는지 알 수 있었을까? 지금도 진실을 알 수는 없다.

동네 어느 집에서는 이런 일도 있었다고 했다. 드나드는 사람이 별로 없는 돌계단에 낯선 젊은 여자가 앉아 있었다는 것이다. 우연히 지나다가 젊은 여자를 본 동네 사람이 너무도 묘한 분위기라서 왜 여기 있느냐고 물었다고 했다. 젊은 여자가 대답했다. "오늘 식개(제사) 먹으러 와수다." 제삿집에 왔다는 얘기였다. 아니나 다를까 그날이 젊어서 죽은 처녀의 제삿날이었다는 것이다.

할머니와 살던 이모집 바로 뒤에 외할머니가 살았다. 성산포로 옮겨와 처음 외할머니에게 인사드리러 갔을 때, 외할머니는 병 때문에 오랫동안 집에 누워 있었다. 외할머니의 첫 마디는 "영애 아들놈이냐?"였다. 맏딸이 낳은 아들놈이 영 탐탁지 않은 듯했다. 오랜 투병 생활로 얼굴은 야위고 창백했지만 희미하게나마 강인한 면모가 남아 있었다. 어쩌면 깊이 쌓인 분노 같은 것이 언뜻 내비친 것인지도 모르겠다. 막내이모가 주로 병 수발을 들었지만, 어린 나이의 막내이모도 똥오줌 받아내는 일에 이미 지쳤을 터였다. 그래서 그랬는지 자주 집을 비우기도 했다.

막내이모가 자리를 비울 때면 내가 외할머니 건넌방에서 잠을 자야 했다. 어린 내가 딱히 무슨 일을 할 수 있어서 잠을 자며 지키라고 한 것은 아니었다. 혹시라도 무슨 일이 생기면 얼른 일어나 바로 앞집의 이모에게 알리라는 것이었다.

외할머니는 한 번도 내 이름을 부른 적이 없었다. 건넌방에 잘 때도 처음 보았을 때처럼 꼭 "영애 아들놈아, 영애 아들놈아!" 하며 나를 불렀다. 그래서 외할머니 방으로 가보면 물을 떠오라든지 이불이나 베개를 다르게 고치라든지 하는 사소한 심부름을 시켰다. 하지만 나를 부르는 카랑카랑한 목소리에다 못마땅한 듯 나를 노려보는 눈초리가 무서워 그 집에서 잠을 자는 것이 너무나 힘겨웠다.

그래서 그랬는지 외할머니 집 작은방에서 잘 때마다 무서운 꿈에 시달려야 했다. 부두 방파제 앞에 놓여 있던 커다란 것. 지날 때마다 저 아래 철렁이는 바닷물 때문에 마음을 졸이게 한 네 발짜리 커다란 시멘트 덩어리. 어른이 되어서야 이름을 알게 된 테트라포드였다. 절벽 위를 걸을 때처럼 오싹해지는 그 덩어리가 꿈에 나타났다. 방파제에서 본 것보다 백배는 커 보이는 거대한 크기였다. 그 덩어리가 천천히 내게로 움직이며 나를 덮칠 것만 같다. 끝내 덮치지는 않았지만 계속해서 천천히 덮칠 듯 무너져 내려왔다. 밤마다 이 비슷한 꿈에 시달렸다.

한번은 며칠 동안 앓아눕기도 했다. 진짜 귀신이 나타난 것 같았다. 손톱 크기만 한 인간들 수십 명, 수백 명이 춤을 추듯 창문에 어른거렸다. 천정에도 그 수많은 작은 인간들이 동심원을 그리며 모였다 흩어졌다 하며 어지럽게 춤을 추었다. 커다란 괴물이 나타났다 사라졌다 하는 것처럼 보였다. 너무도 무서워 이 방을 벗어나야지 벗어나야지 하며 아무리 몸을 움직이려 해도 옴짝달싹할 수 없었다.

그렇게 한동안 무서운 꿈에 시달리던 어느 날 외할머니가 돌아가셨다. 멀리 서울로 시집가 사는 셋째이모가, 급히 비행기를 타고 왔다는 이모가 울면서 외할머니 집으로 달려왔다. 멀리 일본에 계신 외할아버지와 외삼촌이 올 리는 없었다. 외할머니 집 밧거리에서 동네 아주머니들이 빨간색, 노란색, 하얀색으로 장식한 꽃상여 타고 외할머니는 떠나셨다.

무서운 일이 꿈에서만 일어난 것은 아니었다. 언젠가 학교에서도 우리 교실을 휩쓸고 지나간 적이 있다. 스산한 바람에 찬 기운이 제법 실린 때였을 것이다. 학교는 통밭알 바닷가 바로 위에 있었다. 커다란 만을 이룬 바다였는데, 멀리 종달리의 지미봉과 건너편에 있는 시흥리의 식산봉이 바로 보이는 곳이었다. 쉬는 시간이었다. 누가 먼저 얘기를 꺼냈는지 알 수 없었지만 식산봉에 문둥이가 나타났다는 것이다. 일학년 때 소풍을 갔던 곳이라 식산봉은 모두 알고 있었다. 그때까지 나는 한센병은 물론 문둥이가 정확히 무슨 말인지도 알지 못했다. 어감 때문이었는지 무서운 생각이 들지는 않았다. 그런데 문둥이들이 떼를 지어 다니며 병을 고치려고 아이들 간을 빼먹는다는 말이 들렸다. 온몸에 소름이 오싹 돋는 듯했다. 여자아이들 몇 명은 "어떵허코, 어떵허코." 하며 발을 동동 굴렀다.

그러는 사이에 문둥이가 동남을 지나 성산포 쪽으로 오고 있다는 얘기가 들렸다. 걸어서 30~40분쯤 걸리는 거리였다. 무서움에 여자아이들은 울상이 되었다. 그러다 벌써 터진목까지 왔다는 얘기가 돌았다. 학교 바로 코앞이었다. 유난히 무서움에 떨던 여자아이가 참지 못하고 먼저 울음을 터트리자, 다른 여자아이들이 무슨 신호라도 들은 것처럼 발을 동동 구르고 책상을 탕탕 치며 일제히 울음을 터트렸다. 나는 울음을 꾹 참고 버티며 다른 남자아이들을 쳐다보았다. 친구들도 울음을 참고 있는 게 역력해 보였다.

이 모든 일이 채 10분이 되지 않은 사이에 일어났다. 새로 들어온 사람도 없고 나간 사람도 없었다. 순전히 함께 모여 있던 우리 반 아이들 사이에서 일어난 일이었다. 울음바다가 된 우리 반은 잠시 뒤 담임선생님이 들어오시면서 겨우 진정되었다. 아버지 나이 또래에 늘 인자하게 웃으시는 선생님이셨다.

그날 나는 수업이 끝나자마자 후다닥 집으로 가 꼼짝 않고 틀어박혀 밖으로 나오지 않았다. 그러나 그날도 그 다음날도 수상한 낌새라도 보이는 사람이 나타났다는 말은 듣지 못했다.

밥 익는 냄새에 홀린 토끼

초등학교 들어갈 즈음에 할머니께서 낡은 책상을 하나 얻어오셨다. 어머니, 아버지 모두 타지로 돈 벌러 나가고, 할머니, 나, 동생, 이렇게 셋이서 둘째이모네 밧거리에 살 때였다. 쫓기다시피 막 돌아온 고향이라 살림살이라곤 이불 몇 채가 전부인 단칸방이었다.

그런 방에 낡은 책상이나마 떡하니 놓이니 너무 기분이 좋았다. 누런색 합판을 대고 만든 싸구려 책상이라 여기저기 긁힌 자국도 많았고 내 키에 비해 터무니없이 커서 책상에 앉으면 가슴팍까지 올라왔지만, 그런 것쯤은 아무 문제도 아니었다. 친구들과 뛰놀다 들어와 책상에 앉아 숙제를 할 때면 시간 가는 줄 몰랐다. 아무 할 일이 없을 때에도 그저 책상에 한참을 앉아 있곤 했다.

장작이 귀해 밥은 일출봉 분화구에서 베어온 촐을 지펴 해먹었다. 육지에서는 꼴이라고 부른다는 걸 한참 뒤에 알게 되었다. 베어온 촐로 지붕을 이고 새끼를 꼬아 줄로도 썼지만, 불을 지피는 데도 맞춤이었다. 불을 지펴 밥을 할 때면 옆에서 할머니는 "솔솔 지드라. 와랑와랑 해분다." 하고 당부하셨다. 한꺼번에 촐을 넣으면 활활 타오르니 조금씩 살살 지피라는 말씀이었다.

어느 정도 불을 지피고 나면, 촐이 잘게 부서지며 빨간색 불빛이나 노란색 불빛을 내품으며 작은 벌레처럼 일렁일렁거리다가는 조금씩 회색빛 재로 바뀌며 아래에 쌓여 갔다. 부지깽이로 괜히 일렁거리는 불빛을 쿡쿡 찔러 보기도 하고, 촐을 살짝 들어주어 불이 확 달아오르게 하는 장난을 치기도 했다. 따스하게 번져오는 온기도 좋았지만, 빨갛고 노랗게 꿈틀거리며 달아오르는 불빛 하나하나를 바라보는 것도 좋았다. 그렇게 층층이 쌓이며 환하게 이글거리는 불빛은 한참을 들여다보아도 싫증이 나지 않았다.

방 안에 책상이 놓였지만 교과서 말고는 딱히 읽을 만한 책은 없었다. 지금 생각나는 것이라곤 〈대중 가요〉라는 제목의 두툼한 책뿐이다. 어떻게 해서 이 책이 우리 집에 있게 되었는지 알 수 없었다. '대중 가요'라고 적혀 있어서 처음에 그 제목을 읽었을 때 "대중

국에 가요" 하는 말이 아닐까 하는 생각이 들었다. 이런 생각을 뒷
받침이라도 해주려는 듯, 잘생긴 젊은 남자와 여자가 손을 들고서
마치 어디로 가는 듯한 자세를 취한 사진이 표지에 큼직하게 실려
있었다. 책을 들춰보아도 남자와 여자 사진이 몇 장 실려 있을 뿐
읽을 수 없는 콩나물 기호만 가득했다. 그때의 기억 때문인지 요즘
도 가요라는 말을 들으면 "어디어디로 가요." 하는 말이 떠오르곤
한다.

그 즈음에 할부책 장수가 마을에 온 적이 있다. 일출봉 자락 잔디
밭에서 동네 아이들과 놀고 있는데 웬 낯선 아저씨가 다가왔다. 길
묻는 관광객이겠거니 생각했지만, 우리들을 보자 환히 웃으며 다가
왔다. 책을 여러 권 꽂아 놓은 박스를 들고 있었는데 그 중에 한 권
을 꺼내들었다. 교과서보다 조금 작은 크기에 총천연색으로 인쇄
된 책을 슬쩍 보여주며, "공부 잘하게 해주는 책인데, 너네 집 어디
냐?" 하고 물었다. 그렇게 아이들을 앞세우고 집집마다 돌아다니며
할부책을 팔았다. 할머니밖에 없는 나는 엄두가 나지 않아 우리 집
을 알려줄 생각조차 하지 않았다. 아랫집 친구나 옆집 친구가 사면
빌려볼 생각이었다.

하지만 끝내 빌려보지 못했다. 친구가 읽고 있는 모습을 바라보
며 슬쩍 책을 구경하는 정도밖에 할 수 없었다. 판자처럼 두꺼운 종

이에 칼라로 인쇄된 신데렐라나 백설공주 이야기가 나오는 서양 동화책이었다. 흘낏흘낏 훔쳐보는 장면마다 모두 화려해 보였다. 크고 웅장한 성도 보이고 화려하게 차려 입은 여자들의 그림도 보였다. 너무나 보고 싶어 아랫집 친구에게 보여 달라고 사정해 보았지만 소용없었다. 아랫집 친구는 "공부 잘하게 해주는 책인디, 아저씨가 딴 사람헌티 보여주민 공부 못하게 된댄 해서!" 하며 끝내 보여주지 않았다. 나는 할부책 장수의 상술을 너무 이른 나이에 알아버렸다.

불을 지피며 해먹는 밥은 거의 조밥이었다. 미리 삶아 놓은 보리쌀 조금에 좁쌀을 잔뜩 넣은 밥이었는데, 밥맛이 좋은 줄은 몰랐다. 양식을 조금이라도 아끼려고 그랬겠지만 고구마를 숭숭 썰어 위에 얹어 밥을 하곤 했는데, 김이 모락모락 피어오르는 고구마 맛은 정말 꿀맛이었다. 불을 피우고 장난을 치던 일도 이력이 날 즈음, 밥 익는 냄새를 알게 되었다. 설익은 곡식의 비릿한 냄새와 풀폴 부풀었다 꺼지는 끈끈한 밥 국물 냄새 사이로 고소한 냄새가 풍겨 나왔다.

할머니가 불을 지펴 밥을 하는 모습을 수없이 지켜보기도 했고, 내가 직접 불을 지펴 밥을 하며 냄새를 맡아왔을 텐데, 밥 익는 냄새를 왜 그때서야 처음으로 의식하게 되었는지는 알 수 없다. 신나게 놀다 들어와 배가 너무 고팠기 때문이었을까. 실제로 먹는 조밥보다 밥 익는 냄새가 더 입맛을 다시게 할 수 있다는 것을 그때 비로소 알았다.

집에 책은 없었지만, 학교에서 선생님이 가끔씩 옛날이야기를 들려주어 그 시간이 너무 좋았다. 그때마다 한 마디라도 놓칠세라 귀를 쫑긋 기울였다. 1, 2학년 때는 아버지뻘 되는 남자 선생님이었지만, 3학년이 되어 여자 선생님이 새로 오셔서 더 좋았다. 우리 학교가 부임한 첫 번째나 두 번째 학교가 아니었을까 싶을 정도로 젊은 선생님이셨다. 까맣고 숱이 많은 단발의 머리카락이 얼굴 가장자리를 가리는 모습이 어딘지 쓸쓸해 보이긴 했지만, 우리 반 아이들은 전혀 개의치 않았다.

방과 후에는 선생님 하숙집으로 떼 지어 몰려가 웃고 떠들며 놀았다. 여름이 다가올 즈음에 "내일부터는 일출봉에 해 뜨는 것 보러 가지 않을래?" 하고 선생님이 말씀하셔서, 한동안 아침 일찍 일출봉에 올라 해돋이를 보기도 했다. 나는 아침잠이 많아 제 시간에 올라간 적은 별로 없지만 늦게라도 꼭 올라갔다.

이런저런 옛날이야기며 동화책에 나온 이야기도 자주 해주셨다.

그 가운데 한 가지가 토끼 이야기였다. "옛날 옛적에 토끼가 한 마리 살았는데, 하루는 토끼가 길을 가다가 맛있는 냄새를 맡게 되었어요. 너무나 맛있는 냄새여서, 한참을 뛰어 냄새 나는 곳으로 가게 되었지요. 가보니 커다란 가마솥에 밥이 익어가고 있었어요. 토끼는 그 밥이 몹시도 먹고 싶었어요."

'어, 이건 바로 내 얘긴데' 생각하며 곧장 이야기에 빨려들었고, 그 뒤에 이어질 이야기가 너무나 궁금했다. 그런데 내가 들은 이야기는 딱 여기까지였다. 선생님은 본격적인 이야기를 다음 시간으로 기약했지만, 나는 다음 수업 시간에 참석할 수 없었다. 하필이면 그때 제주시의 학교로 전학을 가게 되었기 때문이다.

그 뒤로 '밥 익는 냄새에 홀린 토끼 이야기'가 실린 책이 있지 않을까 하고 늘 주의를 기울여 살펴왔지만, 지금까지도 그 비슷한 이야기가 실린 책조차 보지 못했다. 가스레인지를 쓰고 압력밥솥으로 밥을 하게 되면서, 칙칙거리는 소리에 가려서인지 예전의 그 진한 밥 익는 냄새를 다시 맡기도 어려워졌다. 하지만 그때나 지금이나 토끼가 과연 맛있는 밥을 먹게 되었는지 상상해 보는 일은 늘 작은 즐거움을 안겨준다.

그때 밥 짓던 할머니가 나타났어요. "토끼야, 밥 냄새가 그리 좋

으냐? 그럼, 밥을 먹게 해주마. 그런데 그 전에 세 가지 일을 해야
만 한단다." 그러면서 세 가지 과제를 내주는 이야기는 어떨까?

토끼가 밥 냄새에 취해 있을 때, 거북이도 나타나고 원숭이도 나
타나더니 숲속의 온갖 동물들이 모두 다 모여들었어요. 여우가 사
회를 보면서, 숲속 동물들이 밥을 차지하기 위해 장기자랑을 벌였
어요. 모두들 신나게 장기자랑을 벌였지요. 그런데 장기자랑이 끝
난 뒤에 보니, 모두 모여 함께 나눠먹을 수 있을 정도로 밥이 불어
났어요. 이렇게 해피엔딩으로 끝나는 이야기도 좋겠다.

아니면 이런 이야기도 좋겠다. 토끼 곁으로 예쁘장한 여자아이가
다가와, "밥이 맛있게 되었네. 맛 좀 볼래?" 하며 밥에다 고소한 참
기름을 한 방울 떨어뜨렸어요. 토끼는 맛있게 밥을 먹었지요. 그랬
더니 토끼가 황소만큼 커졌어요. 그리고 솥이 놓여 있던 화덕에 여
자아이가 참기름을 한 방울 떨어뜨리자 남대문만큼이나 커다란 성
문으로 바뀌었어요. 그런 다음에는? 여자아이가 토끼 등에 타고 대
궐 같은 집들이 즐비한 성으로 모험을 떠나는 것이다.

이렇게 밥과 토끼에 얽힌 상상은 끝없이 이어진다.

용은 과연 강을 건넜을까?

　제주시로 전학 간 3학년 때, 바로 옆집에 6학년 형이 살고 있었다. 조그만 구멍가게였는데 입구에 늘 찹쌀도넛이 수북이 쌓여 있었다. 찹쌀 도넛을 바라볼 때마다 나는 침을 꼴딱 넘기곤 했지만, 어쩌다 한번 쫀득하고 달달한 그 맛을 볼 수 있을 뿐이었다. 형은 세상 모든 일을 다 아는 것처럼 어떤 화제든지 술술 막힘없이 이야기를 들려주었다. 제주도에서는 그런 사람을 흔히 '말장시'라고 불렀다. 내 마음 속에서 옆집 형은 말장시 형이었다.

　말장시 형은 방과 후에 밖에서 노는 일은 거의 없었고, 부모님 대신에 가게를 지킬 때가 많았다. 그럴 때 가게로 찾아가면 나를 앉혀 놓고 이런저런 이야기보따리를 풀어놓곤 했다. 나중에는 신문배달도 했는데, 나도 몇 달 동안 형을 쫓아다니며 신문배달 일을 도와주기도 했다. 그렇다고 돈을 받아본 적은 없었다.

말장시 형에게 처음 들은 것 중에 펠레 이야기가 있었다. 시골구석에서 살다가 올라온 나에게도 축구는 단연 으뜸가는 화젯거리였다. 하지만 한국 선수가 아닌 외국 선수에 열광한다는 생각은 아예 해보지 못했다. 펠레라는 축구선수의 영웅담을 처음 들을 때, 이름이 조금 이상하긴 했지만 당연히 한국 선수이겠거니 하고 들었다. 계속 듣다보니 어느 먼 나라 선수 같은 느낌이 들었다. "펠레, 한국 선수 아니라?" 하며 묻지 않은 것이 다행이라 생각했다.

말장시 형의 이야기 중에서 가장 가슴 뛰게 한 것은 뭐니 뭐니 해도 이소룡 이야기였다. 이름은 한국식이었지만 홍콩 사람이라고 해서 또 아쉬운 생각이 들었다. 얼마 전에 〈정무문〉이라는 영화가 들어온 적 있다고 말했다. 그 얘기를 듣는 내내 제주시로 너무 늦게 전학 왔다는 아쉬움을 떨쳐버릴 수 없었다.

말장시 형 위로 고등학생 큰형이 있었는데, 큰형과 둘이서 지내는 방에 들어가 보면 커다란 흑백사진이 벽에 걸려 있었다. 군살 하나 없는 역삼각형 상반신을 비스듬히 드러낸 채 한 팔은 80도 정도로 구부리고 나머지 팔을 앞으로 뻗어 공격 자세인지 방어 자세인지를 취하고 있었다. 왼쪽 뺨에는 상처 자국이 세 줄로 그어져 있었다. 그 얼굴을 한참 바라보다 보면 조금은 슬픈 듯 보이는 두 눈에 빨려 들어갈 것만 같았다. 그 방에는 검은색 막대기 두 개가 사슬로 이어진 물건도 있었는데, 말장시 형이 얘기한 쌍절곤이 분명했다. 큰형 것이라 함부로 만져볼 수 없다는 말장시 형에게 사정사정해서 겨우 한 번 만져볼 수 있었다. "쌍절곤은 아무나 못 써. 자기가 자기 쌍절곤에 맞아 분다니까." 하는 형의 말을 들으며 묵직한 쌍절곤을 몇 번 휘둘러보았는데, 이 물건을 능숙하게 다루는 것은 내게 불가능한 일처럼 생각되었다.

태권도가 쎄냐, 합기도가 쎄냐? 아니면 십팔기가 쎄냐? 아니다 태국에서는 킥복싱이라는 걸 하는데 그게 제일 쎄다. 무슨 소리, 한 번 잡히면 꼼짝 못 하는 유도가 최고다. 이런 얘기를 친구들과 나누며 언젠가는 무술을 익힐 기회가 오기를 고대하곤 했다. 그래도 이소룡 무술과 제일 비슷한 태권도나 합기도였으면 좋겠다는 생각이었다. 그러나 가정 형편 때문에 무술을 배우겠다고 말해볼 엄두를 낼 수는 없었다.

그런데 기회는 너무나 쉽게 다가왔다. 다만 태권도도 합기도도 아니고 유도도 아니었다. 하다못해 십팔기나 킥복싱도 아니었다. 차력! 시장통에서 사람을 잔뜩 모아놓고 우람한 체격의 빡빡머리 아저씨가 뭔가 큰일을 벌일 것처럼 하다가 약 같은 걸 나눠주기만 할 뿐, 기다리다 지쳐 돌아선 기억이 한두 번 있었다. 그래서 하필이면 차력인가 하며 실망하지 않을 수 없었다. 아니 도대체 차력이라는 것을 가르치는 체육관이 있다는 자체가 이해하기 어려운 일이었다. 차력 체육관에 간다는 말을 들은 말장시 형이 "그럼 입으로막 자동차도 끌고 그러겠네." 하며 놀리는 통에 친구들에게는 차력체육관에 다닌다는 말을 입 밖에도 내지 않았다.

아버지가 근무하는 극장에 갔을 때였다. "형님, 형님" 하며 따르던 아버지 후배와 또 한 분이 계셨다. 태권도 사범이라는 후배 분은 다부진 체격에 사각형 얼굴, 짧게 깎은 머리를 하고 있었다. 태권도 사범이 딱 어울린다는 생각이 드는 그런 분이었다. 후배 분은 "서울에서 체육관 차린다고 내려온 친구우다." 하며 아버지에게 옆에 계신 친구 분을 소개했다. 키는 170센티미터 정도. 단정하게 올백으로 넘긴 머리에는 기름이 번들거렸다. 줄무늬 양복에 단정하게 넥타이를 매고 있었다. 몸집이 조금 왜소해 보이긴 했지만, 곧게 주름 잡힌 바지에 발차기 훈련이 잘된 것처럼 다리가 곧게 뻗어 있었다. 그 뒤에도 혼자 있을 때면 버릇처럼 발을 가볍게 뻗는 모습을 곧잘 보게 되었다. 흰색 구두가 유난히 번들거렸다. 차력사와는 도저히 어울려 보이지 않았고, 고고장 앞에서 일을 보는 '기도'나 무술영화에 나오는 배우처럼 보였다. "야이, 체육관에 좀 보냅서." 하는 후배 분의 말에 평소와 너무도 달리 아버지는 선선히 응낙하셨다. 그렇게 차력 체육관에 다니게 되었다.

체육관은 집에서 걸어서 30분 정도 되는 거리, 동초등학교 근처에 있었다. 상가 건물 이층이었다. 관덕정 근처에 있던 유도체육관처럼 마당이 있는 오래된 단독건물이 아니어서 실망스러웠다. 이소룡 영화에 나올 법한 "정무관"이나 "무도장" 같은 멋진 이름의 현판도 없었다.

가입선물로 추리닝 한 벌을 받았다. 평생 처음 가져보는 추리닝이었다. 주황색에다 양쪽 어깨에 흰색 줄이 두 개 있었다. 색깔이 너무 화사한 느낌이긴 했지만 처음 가져보는 추리닝이 마음에 들었다. 등판에 새겨진 글자만 빼고. 기쁜 마음으로 추리닝을 집어들고 여기저기 살펴보는데 등판에 무슨무슨 차력체육관이라고 검은 비닐로 선명하게 새겨져 있었다. 앗, 이 추리닝을 입고 다니면 차력체육관에 다닌다는 것을 동네방네 다 소문내는 꼴이네. 친구들에게 놀림감이 될 수는 없지. 방법은 하나뿐이었다. 등에 새겨진 글자를 뜯어내자.

조심조심 실밥을 뜯으며 글자를 뜯어냈다. 그런데 그것으로 일이 말끔하게 마무리되지 않았다. 글자를 뜯어내 보니 본드 자국이 그대로 남아 있었다. 아무리 깨끗이 지우려 해도 지워지지 않았다. 이제 주황색 추리닝의 등판은 지저분한 본드 자국 때문에 십 년은 묵은 옷처럼 추레해졌다. 새 옷이라 버릴 수는 없고 입고 나가자니 지저분한 등판에 온통 신경이 쓰였다. 그래도 체육관에 갈 때는 입고 갈 수밖에 없었다.

체육관에서는 준비운동부터 시작되었다. 준비운동을 따라 하다 보니 그나마 마음이 좀 풀렸다. 그때까지 국민체조만 알던 내게는 다리운동만도 대여섯 가지나 되는 준비운동이 근사해 보였다. 처음으로 배운 운동은 그 유명한 후방낙법이었다. 뒤로 벌러덩 넘어지는 것이었는데, 절대 긴장하지 말고 아낌없이 넘어져야 하고 넘어지면서 양팔을 꽝 소리가 나도록 세차게 매트를 치는 게 요령이었다. 그 뒤로 앞으로 한 바퀴 구른 뒤 역시 양팔을 매트로 세게 치며 일어나는 전방낙법도 배웠다. 유도의 기본이라 할 수 있는 낙법들을 배운 뒤에는 태권도의 기본자세인 찌르기와 옆차기, 뒤돌려 차기 따위를 배웠다.

관장님이 도복을 입은 모습을 볼 수는 없었다. 늘 양복에 반들거리는 구두를 신고 가끔 체육관에 들러서 쭉 둘러보고는 이내 나가 버리곤 했다. 체육관 비를 낼 때 무슨 기록을 한다거나 하는 절차도 없었다. 내가 내민 돈을 가로채듯 재빠르게 집어 바지주머니에 넣으며 "운동 열심히 해." 하고 말할 뿐이었다. 관장님이 차력에 '차'

자라도 들먹이는 것을 들어본 기억은 없다. 다만 무도정신에 대해서는 여러 번 들었다. 그런 얘기를 들을 때면 나는 왠지 영웅이 된 기분이었다. 모든 운동은 젊은 사범이 지도했다.

체육관에 다니면서 맨 먼저 든 생각은 하체를 단련해야겠다는 것이었다. 말장시 형 말로는 모래주머니가 최고라고 했다. 어머니를 며칠씩 졸라 모래주머니를 만들었다. 사실 집에 부라더미싱이 있어서 어머니에게는 일도 아니었다. 못 쓰는 천 두 장을 나란히 맞대고 세로로, 쭉 뻗은 대나무 하나 들어갈 만큼의 간격을 두고 박음질을 한다. 위쪽만 남겨두고 세 군데 테두리를 박는다. 나는 위에 터진 구멍으로 모래를 담아왔다. 그러면 어머니가 윗부분도 박음질을 하고, 위아래에 조금 긴 묶음 끈을 박아 달면 완성이었다. 하체 단련은 이제 문제없다고 부푼 꿈을 안고 모래주머니를 차고 다녔지만, 오래 가지는 못했다. 정강이에 모래주머니를 대고 무릎 아래로 묶음 줄을 단단히 졸라매었지만 자꾸만 흘러내려 도저히 매고 다닐 수 없었다.

체육관에 다닌 지 일 년쯤 지났을 무렵, 차력 체육관은 아버지 후배 분의 태권도 체육관과 합쳐졌다. 마땅한 장소도 없어서 시민회관을 임시로 빌려 운동을 했다. 그러던 중에 대련을 하게 되었는데, 상대는 나보다 머리 하나는 커 보이는 중학생 형이었다. 겉보기에 어수룩해 보여 아무것도 아니겠다 싶어 달려들었다. 그때까지 또래들과는 여러 번 대련을 해보았다. 그러나 상급생 형은 달랐다.

키 차이 때문에 도저히 공격이 되지 않았다. 발차기를 몇 번 시도했지만 전혀 먹혀들지 않았다. 그런데 정말 문제는 공격이 아니라 방어였다. 발차기가 들어올 때 분명히 배운 대로 팔을 내려치며 막았다. 뼈의 힘이랄까, 제대로 막아낸 팔이 너무 아팠다. 그날 이후로 차력체육관 생활을 그만두었다.

차력체육관에 다니며 준비운동을 꾸준히 한 덕분인지 체력장 종목 가운데 '윗몸 앞으로 굽히기', '윗몸 일으키기' 같은 종목만큼은 자신 있게 할 수 있게 되었다. 또 한 가지, 당시 한국 영화든 홍콩 영화든 무술영화가 상당히 많이 들어왔는데 이런 영화들을 실감나게 볼 수 있었던 것도 체육관에 다닌 덕분이었을 것이다.

그런 영화 중에서는 이소룡의 〈맹룡과강〉이 단연 최고였다. 제목부터 멋져 보였다. 이전에 나온 〈정무문〉이나 〈당산대형〉처럼 단순한 명사형 제목이 아니었다. 용이 강을 건넌다니, 이소룡이 바다 건너 콜로세움이 있는 이탈리아까지 간다는 뜻일까? 콜로세움에서 벌어지는 대결은 두고두고 잊히지 않는 장면이 되었다. 하얀 도복을 입은 금발의 척 노리스, 무심한 듯 흔들리지 않는 표정이 화면 가득 압도한다.

콜로세움에서 벌어진 대결에서 이소룡은 척 노리스에게 엄청난 타격을 받는다. 한쪽 광대뼈 근처에 빨갛게 멍이 들기도 했다. 찢어진 입술을 슬쩍 닦은 뒤, 엉덩이를 툭툭 털며 일어나는 이소룡. 경쾌한 스텝에 따라 배경음악도 경쾌하게 바뀌고 이소룡의 반격이 시작된다. 이제 척 노리스의 얼굴에 빨간 멍이 든다. 손목도 한쪽 부러진다. 이렇게 차츰차츰 무너지며 한쪽 다리도 망가진다. 무심하던 표정도 이제 체념으로 바뀌는 듯하다. 아니, 달관의 표정인지도 모르겠다. 대결에서 무너지면서도 마지막으로 부여잡으려는 위엄 같은 표정.

영화가 끝나고도 여운이 이어졌다. 이소룡이 이제 더 먼 강을 건너 더 알 수 없는 곳으로 떠날 것 같다.

체육관 친구 중에 유난히 볼살이 통통하고 발그스름한 아이가 있었다. 거의 다 동초등학교에 다니는 아이들이어서 모두 낯설기도 했고, 내 성격이 붙임성 있는 편도 아니어서 친하게 지내는 아이는 한두 명뿐이었다. 이 친구하고는 중학교 때 같은 학교에 다니게 되어 겨우 친해졌다. 친구는 동교 근처 번듯한 이층 양옥집에 살았다. 서 있는 자세나 걸음걸이가 조금 특이했는데, 지금 되돌아보면 택견하는 사람들이 이크에크 하면서 발을 내딛듯이 움직이는 모양새를 닮은 듯했다. 뭔가 상당히 여유 있어 보이는 모습이었다. 볼살뿐만 아니라 몸 전체가 통통한 편이어서 아주 튼실해 보이기도 했다. 그런데 발차기 같은 동작을 하는 모습을 보면 뭔가 심드렁해 보이기도 했고 조금 무심해 보이기도 했다. 중학교에서 다시 만났을 때도 여자아이처럼 볼살이 발그스름했고 말수가 별로 없었다. 어쩌다 말을 할 때도 조용조용 소곤거리듯이 할 뿐이었다. 집이 넉넉해 공부만 한다면 뭐든 뒷받침해줄 분위기였지만, 공부에는 별로 관심이 없었다. 고등학교 입시가 만만치 않던 그 시절, 입시 준비를 힘겨워하며 고등학교는 서울에서 다니고 싶다며 먼 데를 한없이 바라보곤 했다.

고등학교에 입학할 즈음 친구가 서울로 올라갔다는 소문이 들렸다. 그 뒤로 한참 동안 만나지 못했을 뿐 아니라 소식도 듣지 못했다. 대학을 마친 몇 년 뒤, 동기생이 그 친구 얘기를 전해주었다. "그 친구, 완전히 도사님 되었어. 가까이 가는 것도 무서워." 그동안 기수련이나 단전호흡에 미쳐 이미 도사가 되었다는 얘기였다. 그런 일에 흠뻑 빠질 수는 있겠지만 도사라는 말은 너무 터무니없는 얘기라고 생각했다.

그 친구를 본 것은 그 뒤로도 십 년쯤 지난 뒤였다. 뜻밖에도 텔레비전을 통해서였다. 〈한국의 명인〉이라는 프로그램의 주인공으로 나온 것이었다. 규모가 아주 크고 유명한 수련단체의 총책임자라고 했다. 볼살만 빠졌을 뿐 예전 모습 그대로였다. 유명 작가나 유력 인사들이 많이 수련하고 있다고 해서 나도 익히 이름을 알고 있는 단체였다. 프로그램 중간에 이름만 대면 알 수 있는 유력 일간지 사장과 행사 준비를 논의한다며 단둘이 앉아 있는 모습이 나왔다. 그 당시 삼십대 내 또래 중에서 가장 영향력 있고 유명한 인사가 된 게 아닌가 하는 생각이 들었다.

프로그램에서는 친구가 서울로 올라왔다는 그 무렵을 이야기했다. 친구는 이제 막 보급되기 시작한 단전호흡 같은 데 관심이 많았는데, 종로 거리를 걷다가 단전호흡이라는 간판 글씨를 보고 무작정 들어갔고, 그때 스승과 운명적인 만남을 가졌다면서 흐릿한 흑백영상 하나를 보여주었다. 내가 보기엔 무언지 전혀 분간할 수 없었는데, 내레이터는 오랫동안 산속에서 수련해온 스승이 수련법을 알리기 위해 1970년대 초에 환속하게 되었고, 일반인들이 수련법에 대해 너무 무지한 때여서 극약 처방을 썼다고 했다. 온몸이 묶인 채 화염에 휩싸였고 거기서 탈출하는 모습을 찍은 것이라는 설명이었다.

친구는 스승을 만난 뒤로 수련원에서 생활하며 스승에게 모든 것을 전수받아 비로소 명인이 되었다고 했다. 스승이 믿고 맡길 수 있을 정도로. 스승은 다시 산속으로 들어갔다. 친구가 얼마나 혹독한 수련을 거쳤는지 그 프로그램으로는 알 수 없었다.

그 뒤에 친구가 책임진 단체에서 운영한다는 인사동의 큰 음식점에서 모임을 몇 번 가지기도 했지만 만나보지는 못했다. 기수련이라고 몇 달가량 해본 적이 있는데, 가만히 앉아 숨만 쉬는 것도 얼마나 힘겨운 일인지 깨달았다.

프로그램의 마지막 장면은 친구가 지리산에 수련원을 세우고 수련하는 모습이었다. 전국의 수련생들을 모아 지도하는 곳이기도 했지만, 친구는 주로 그곳에 머물며 자기 수련에 전념하려는 것 같았다. 무슨 종교의식을 치르듯 엄숙한 모습으로 춤추듯 수련하는 친구의 모습이 떠오른다. 아마 친구는 스승을 따라 산속으로 이미 들어갔을지도 모를 일이다.

처음 본 맛

어린이 잡지에서 성격 테스트를 한 뒤 장래 직업을 알려주는 기사를 몇 번 읽은 적이 있다. 아니면 별자리에 따라 직업을 추천해주는 기사였는지도 모르겠다. 이런 직업들 가운데 도저히 내가 될 법하지 않은 직업이 있었다. 도시락과 어감이 비슷해 자꾸 헛갈리는 통에 그 고상한 이미지가 망쳐지기 일쑤인 식도락가였다. '식도락가'라는 단어를 읽을 때마다 유럽의 호리호리하고 조금 마른 몸매에 깐깐하게 정장을 차려입고 까다로운 입맛을 다시며 화려하게 차려진 식탁에서 이 요리 저 요리 조금씩 맛보는 팔자 늘어진 모습이 떠올랐다. 우리나라 사람이 그런 직업을 가질 수 있다는 생각은 아예 하지 못했다. 동화책에 나오는 수프나 치즈조차 구경해 보지 못해 어떤 모양에 어떤 맛인지 도저히 감을 잡을 수 없어서 책을 덜 읽은 것처럼 답답한 느낌이 들던 때였다.

굶는 일은 없었지만 달콤한 빵 한 조각조차 먹기 힘들었다. 집에서 흔히 먹는 음식만 아니면 뭐든지 먹고 싶어 하던 시절이라 진귀하고 값비싼 음식을 맛보는 것이 직업이 될 수 있다는 사실이 신기하고도 하고 이해하기도 어려웠다. 그런 직업이 설사 우리나라에서도 가능해진다 한들 그런 행운이 나에게는 도저히 주어질 것 같지 않았다.

그 어린이 잡지에 매달 실리는 광고가 있었다. 아마 거의 모든 어린이 잡지에 매달 빠짐없이 실렸을 것이다. 소시지 광고였다. 그때 어른들은 광고를 모두 선전이라고 불렀다. 선전에 속지 말라는 뜻을 담은 말이었다. 어린 내가 봐도 속이 뻔히 보이는 광고들이 많아서 광고 때문에 물건을 가지고 싶다고 간절히 원하는 일은 그다지 많지 않았다.

그런데 소시지 광고는 달랐다. 유명한 만화가가 만화로 그려 잡지 한 페이지를 가득 채웠다. 어쩌다 기사에 나올 때면 언제나 아무개 '화백'이라고 불리던 터라, 보통의 만화가와는 급이 다른 만화가가 아닐까 생각하곤 했다.

껍질을 반쯤 벗긴 소시지를 든 남자아이가 가운데서 기쁜 표정으로 달려 나오고 양옆에 여자아이와 또 다른 남자아이가 달려 나오는 장면이 지금도 떠오른다. 영양가도 높지만 맛이 기막히게 좋다는 내용의 광고였다. 그리고 날 것으로 먹는 장면도 분명히 여러 번 나왔다.

도시락 반찬으로 달걀 입힌 소시지를 싸오는 친구들이 더러 있었지만, 그런 반찬을 해달라고 어머니에게 졸라볼 형편이 아니었다. 그렇다고 반찬용 소시지를 아껴놓은 돈으로 산다 한들 식구들 몰래 먹어볼 수는 없을 터였다. 게다가 광고에 나온 소시지는 반찬으로 싸오는 소시지와도 맛이 다른 무슨 특별한 음식일 것만 같았다.

그 달콤한 유혹을 이기지 못해, 몇 달 동안 용돈을 모아 드디어 소시지를 샀다. 그 누구에게도 들키지 않고 먹어야 했다. 학교에서 집으로 돌아올 때 자주 다니던 길에 소주 공장이 있었다. 학교를 마치고 이 골목을 지날 때면 달콤하고 시큼한 냄새가 났다. 고구마를 딱딱하게 말린 빼떼기를 삶는 냄새도 나는 듯했다.

사람들이 거의 다니지 않는 골목길을 찾아 들어가야 했다. 소주 공장 근처 한적한 골목에 들어갔다. 드디어 껍질을 벗기고 한 입 깨물었다. 그런데, 사람이 먹으라고 만든 음식이 아니었다. 무슨 화학약품 같은 냄새가 확 끼쳤다. 한 입 깨무는 순간 구역질이 날 정도로 참말로 괴상하고 느글거리고 메스꺼운 맛이 났다. 퉤퉤 뱉어 버리고 들고 있던 것도 구석에 패대기치듯 던져 버렸다. 근처에 물이 없어 입 안을 말끔히 헹구지도 못하고 집으로 달려가는 동안, 이상한 맛을 내뿜는 벌레가 몇 마리 입 안에 있는 것만 같았다. 내 마음을 아는지 모르는지 소주 공장에서는 달달한 냄새가 쉴 새 없이 새어나왔다.

처음 맛본 음식이 언제나 참담한 배신을 안겨준 것만은 아니었다. 확실히 부시맨보다는 먼저 콜라를 맛보았을 것이다. 방학이라 성산포에서 우리 집으로 와 공부하던 아는 형이 시내의 어느 빵집으로 데려갔다. 빵 향기가 가득 감싸는 테이블에 앉아 빵 한 접시와 콜라를 마주했다. 허리 잘록한 병에 들어 있는 까만색 콜라. 언젠가 맛볼 날이 꼭 오리라 고대하고 있던 차였다. 오프너로 뚜껑을 땄다. 쉬식 하면서 물방울이 몇 개 튀어오르고 희미한 김이 조금 피어났다. 컵에 콜라를 따르자 쏴아 소리가 나면서 거품이 올라온다. 빵한 입 베어물고 거품이 군데군데 피어있는 유리잔을 들이킨 순간, 똑 쏘면서도 달콤하고 조금 쓴 듯한 맛도 잠깐 느껴졌다. 빵과 어울리면서 시원하게 온몸을 휘돌아 목구멍 속으로 넘어갔다. 지금까지 맛본 적 없던 새로운 세계가 펼쳐지는 듯했다.

첫눈에 반한다는 것이 이럴 때 쓰는 말일 것이다. 그런데 어느 분의 말이 떠오른다. 나이 든 뒤에 만난 누나뻘 되는 분이었다. 그분은 첫눈에 반하여 이루어지는 사랑은 없더라고 했다. 젊은 시절 정말 첫눈에 반한 사람을 만났단다. 운명 같은 사랑이 이루어질 것이라 믿으면서 만남을 가졌다. 하지만 만날 때마다 자꾸만 하나씩 하나씩 단점이 보였다. 그러는 사이 상대는 그저 평범한 젊은 남자에 불과하게 되었다.

처음 콜라를 마셔본 뒤, 몇 번 더 맛을 보았지만 황홀한 맛을 더는 느끼지 못했다. 더구나 철이 들고부터는 일부러 멀리하게 되었다. 그제나 이제나 음료수를 돈을 주고 사먹는다는 생각이 익숙하지 않아 콜라를 일부러 사먹는 경우는 거의 없다.

제주도 음식 중에 빙떡이 있다. 이름은 떡이지만, 실제는 떡이 아니다. 솥뚜껑에 메밀전병을 부치고, 무나물을 소로 넣어 둘둘 말아먹는 음식이다. 무를 채 썰어 소금으로 간을 하고 익힌 무나물을 쓴다. 잔치 때나 명절 때 주로 먹는다. 아마도 쌀이 귀하고 떡이 귀한 고장이라 이름으로라도 위안을 삼고자 그런 이름을 붙였는지도 모르겠다. 빙떡을 처음 먹어 보았을 때, 할머니 맛이 난다고 생각했다. 할머니가 자꾸 권해서 먹게 되기도 했거니와 희끄무레한 메밀전병 맛은 해심심했고 무나물의 시원한 맛을 알 수 있는 나이도 아니어서 그런 생각을 했을 것이다. 먹을 것 많은 명절날 할머니들이나 먹을 만한 빙떡을 굳이 먹을 이유가 없었다. 그 뒤로도 몇 번 먹기는 했지만, 빙떡을 차리는 경우가 점점 줄어들어 먹을 기회가 거의 없었다. 지금은 더욱 드물어 제주에 간다고 해도 쉽게 먹을 수는 없다.

어른이 되고 먹을 것이 넘쳐나는 세상이 되었고, 누구나 어느 정도는 식도락가라는 것도 알게 되었다. 워낙 비위가 약한 체질이라 외국에서 들어온 음식을 먹는 데 익숙하지 않다. 겨우 베트남 쌀국수나 나가사키 짬뽕 정도를 먹을 뿐이다. 이것도 현지 음식으로는 아마도 온전히 먹지 못할 가능성이 높을 것이다. 그 맛있다는 인도 요리도 한번 도전해 보지 못했다.

얼마 전 홍대 앞에서 굴라쉬라는 헝가리 음식을 먹게 되었다. 테이블 하나 없이 디귿 자로 스탠드바처럼 좁고 긴 테이블을 두르고, 벽을 향해 앉거나 주방을 향해 앉아 혼자서 먹어야 하는 조그만 식당이었다. 빵과 버터, 공기밥에 수프 한 그릇이 전부였다. 토마토 즙에 감자 많이, 양파 조금, 소고기 두세 조각 넣고 끓인 수프였다. 조금 매콤하기도 했지만 내 느낌으로는 토마토를 넣은 감자탕 맛이었다. 실제 재료에 토마토 즙이 들어갔는지는 모르겠다.

중년의 여자 사장님이 "처음 오신 것 같은데 입맛에 맞으세요?" 하고 묻고는 곧바로 "억지로 대답을 강요했네요." 하면서 깔깔 웃었다. 그러면서 수프에 빵을 적셔 먹으면 맛있다고도 했다. 현지 음식과 얼마나 다른지는 알 수 없다. 이런 소박한 음식으로 장사가 될까 싶었는데, 혼자 오는 젊은 여성들이 벽 쪽을 향해 머리를 처박고 맛있게 먹고 있었다. 그리고 음식 값이 사천 원이라 부담 없기도 했다. 짜장면보다 500원쯤 싸다.

나이가 들어 시원한 맛이 무엇인지 알게 될 즈음, 빙떡이 가끔 간절해졌다. 요즘은 부쩍 그 시원한 무나물과 해심심한 메밀전병이 어우러지는 그 묘한 맛이 자꾸 떠오른다. 굴라쉬를 먹으면서도 그랬다. 이상한 일이었다. 굴라쉬를 앞에 두고 빙떡이 떠오르는 이유는 무엇일까? 할머니 생각이 나서 그런 것 같기도 하다.

외삼촌의 귀향

어머니는 작은외삼촌을 그리워하셨다. 어쩌다 남동생이 그린 그림이라도 보게 되면, 내 동생을 두고 "쟈인, 참 작은외삼촌 닮았져." 하시곤 했다. 그러면서 "너네 작은외삼촌도 그림 참 잘 그려신디." 하고는 끝내 말을 잇지 못하셨다. 친구들은 동생을 처음 보아도 단박에 내 동생임을 알아보았다. 아마 동생 친구들이 나를 처음 보았을 때에도 그랬을 것이다. 그렇게 둘이 꼭 닮게 생겼지만, 잘생기고 못생기고는 전혀 다른 문제였다. 닮아서 작은 차이도 더 도드라지게 보였을 듯도 하다.

어머니는 셋째아들을 보며 잘생기고 그림 잘 그리는 작은외삼촌을 자주 떠올리셨다. 싹싹하고 다정다감한 마음씨는 "야인, 참 엉강도 좋아." 이 한 마디에 담아내셨다. 붙임성 좋고 살짝 애교도 있는 사람에게 "엉강 좋다"고 말한다.

둘째아들인 나한테는 큰외삼촌을 닮았다고 했다. 까탈스러운 성격 탓에 어머니 속을 무던히도 썩이던 삼촌이었다. 그런 말을 들을 때면 기분이 정말 안 좋았지만 어머니에게 드러내놓고 싫은 기색을 하지는 않았다. 작은외삼촌은 멀리 일본에 있었기 때문이다.

작은외삼촌은 일본으로 밀항 갔다고 했다. 밀항이라는 말에 뭔가 비밀스럽고 동화책이나 영화에 나올 법한 모험 같은 이미지가 연상 되기도 했다. 그러나 그 당시에 일본 밀항은 그렇게 특별한 일은 아 니었던 것 같다. 한국에서는 먹고살기 힘들어 어떻게든 일본으로 가려는 젊은이들이 많았고, 더구나 제주도 사람들은 일본에 연고 있는 사람이 많아 실제로 많이 밀항을 떠났다.

외할아버지가 해방을 맞아 혼자 귀국하지 못하고 일본에서 둘째 부인과 함께 살고 계셨으므로, 외삼촌이 일본으로 밀항한 것은 그 리 특별한 일은 아니었을 것이다. 그저 어렸을 때 헤어진 아버지를 찾아가는 일이었는지도 모르겠다. 하지만 일본은 아주 먼 곳이었고 살아생전에 다시 볼 수 있을까 하는 마음으로 어머니는 외삼촌을 그리워했다. 그렇게 외삼촌을 그리워하고 또 함께 외할아버지도 그 려보면서 고달픈 삶에서 몇 안 되는 위안을 얻는 것 같았다.

초등학교 때 담임선생님 가운데 별명이 깡통 선생님인 분이 계셨다. 별명이 깡통이긴 했지만, 아이들끼리 있을 때조차 감히 "깡통"이라고 부르는 경우는 거의 없었다. 첫 시간에 칠판에 이름을 적으시며 "내 이름 재미있지? 깡통 같다고 깡통이라고 부르면 절대 안 돼, 알았지?" 하는 말에 낄낄대던 웃음도 금세 잦아들어 버렸다. 40대 초반에 작은 키였지만, 운동으로 단련된 듯 몸은 단단하면서도 날렵하게 보였다. 짧게 깎은 반곱슬 머리는 흐트러지는 적이 없었다. 안경을 쓰셨는데, 어쩌다 안경을 벗을 때 보이는 날카로운 눈매는 아직도 기억에 남는다.

부잣집 애들이 많이 다녀서 치맛바람이 거세기로 유명한 학교였지만, 깡통 선생님은 그런 데 휘둘리는 일이 전혀 없었다. 누구를 특별히 잘 봐준다거나 편애하는 일은 기억에 없다. 시내 학교에서 멀리 떨어진 아라동인가 오라동인가에서 출퇴근하셨다. 교통편도 불편하고 시간도 꽤 걸리는 거리였지만, 꼭 도시락을 싸다니면서 우리와 함께 점심을 드셨다. 시내에서 떨어진 시골에서 사는 게 얼마나 좋은지 하는 얘기도 자주 하셨다.

한번은 일기 숙제를 검사하면서 내 글을 칭찬해 주신 기억이 난다. 아마 영화구경 가면서 생긴 일을 쓴 것 같은데, 솔직하게 잘 썼다고 지나치다 싶을 만큼 칭찬을 하셔서 내가 민망할 지경이었다.

또 한번은 "구구단 못 외우는 사람 손 들어봐." 하신 적도 있다. 나는 3학년 때 전학 오느라 양쪽 학교에서 구구단을 억지로 외울 기회를 가지지 못했고, 또 잠깐 머리로 계산해 보면 알 수 있는데 그까짓 구구단을 굳이 외울 필요가 있나 하는 생각에 외우지 않고 있었다. 그래서 아무 스스럼없이 손을 들었다. 깡통 선생님은 깜짝 놀라시며 방과 후에 남으라고 하셨다. 손을 든 몇 명이 남아 각자 구구단을 외우고, 선생님 앞에서 시험을 본 뒤 집으로 돌아왔다. 그때도 크게 꾸짖는다든지 그런 일은 없었다.

외삼촌의 귀향은 어린 내가 보기에도 느닷없는 일이었다. 외삼촌이 돌아올 즈음, 어른들끼리 일본에서 조총련에 있었다는데 괜찮을지 모르겠다고 걱정하는 얘기를 들었다. 하얗고 뽀얀 외삼촌 얼굴을 처음 보았다. 왠지 제주도에서 흔히 보는 사람들 인상과 많이 달랐다. 어머니에게는 물론이고 나에게도 건네는 말에 모난 데가 전혀 없이 따뜻했다. 그런데 같이 길을 걸어갈 때 보면, 어딘가 어리둥절해 하는 듯도 했고 조금은 들떠 보이는 듯도 했다. 하도 오랜만에 돌아온 고국이라 적응이 되지 않아서 그런 게 아닐까 싶기도 했다.

외삼촌의 물건 중에서 지금도 기억나는 것은 일회용 가스라이터였다. 주변 어른들이 거의 다 성냥을 쓰던 시절, 라이터를 쓴다고 해도 라이터돌을 갈아줘야 하는 불편한 휘발유 라이터를 쓰던 시절, 빨간 플라스틱에 물 같은 것이 담겨 있는 라이터였다. 가스가 액체라는 것도 처음 알았고, 가스가 떨어지면 그만 버려 버리는 일회용이라는 얘기에 너무 아깝다는 생각도 들었다. 외삼촌이 귀국하자마자, 어머니를 비롯한 친척들은 결혼부터 서둘렀다. 행원에 사는 어느 분과 연이 닿아 몇 달 만에 결혼식을 올렸다.

깡통 선생님은 반공 교육을 자주 하셨다. 박정희 대통령이 얼마나 위대한 사람인지도 자주 얘기하셨다. 유신 찬양 교육이나 반공 교육은 그 당시 교실에서는 늘 있는 일이었지만, 깡통 선생님은 사명감을 가지고 진심으로 말씀을 하시는 듯해서 반 아이들이 선생님 얘기에 빨려들곤 했다.

하루는 모두 눈을 감으라고 하셨다. 간첩은 먼 데 있는 것이 아니다. 아주 가까운 사람일 수도 있다. 주변에 그런 사람이 있는지 잘 생각해 보고, 그런 사람이 있으면 조용히 손 들어봐라. 그런 얘기였다. 당시에 간첩이라고 확신이 드는 사람을 보고도 신고하지 않겠다고 생각하기는 어려웠다. 막대한 포상금이 우선 아이들 마음을 끌어서 언젠가는 간첩을 신고해 돈을 받으면 좋겠다는 얘기가 자주 화젯거리로 오르던 시절이었다.

그런데 제주도 하고는 거리가 먼 얘기라는 것을 나는 알고 있었다. 양복에 운동화 신고 새벽에 산에서 내려온다는 간첩이 바다로 둘러싸인 제주에서는 있을 수 없는 일이었다. 삐라를 줍게 되면 경찰에 신고하라는 얘기를 수도 없이 들었지만, 제주도에서는 삐라 한 장 구경해본 적이 없었다. 간첩 신고가 오백만 원, 간첩선 신고는 이천만 원 하는 식으로 간첩선을 신고하면 더 어마어마한 돈을 받을 수 있다는 것도 알고 있었지만, 그런 일이 일어날 것으로 생각하는 아이는 많지 않았다. 복권에 당첨되면 얼마나 좋을까 하면서 희망을 품고 수다를 떠는 것과 별반 다르지 않은 이야기였다.

며칠 뒤에도 선생님은 눈을 감으라고 하셨다. 그때서야 확실히 보통의 반공 교육이 아니라는 걸 알 수 있었다. 우리 반 아이 누군가를 콕 찍어서 하는 말인 것 같았다. 설마 설마 하면서도 나를 두고 하는 얘기가 아닐까 하는 생각이 들기 시작했다. 그렇게 들을수록 나에게 하는 말이 점점 분명해지는 듯했다. 주변에 아주 가까운 사람, 삼촌일 수도 있다. 그런 얘기를 들으면서도 나는 손을 들지 않았다. 눈을 감고 있었으니 반 아이 가운데 손을 든 애가 있는지도 알 수는 없었다. 나에게 한 말이 맞아. 설마 그렇기야 하겠어. 아니야, 분명 나에게 한 말이 맞을 거야. 이런 의심과 확신 사이를 왔다

갔다 했다.

그리고 얼마 뒤, 외삼촌은 간첩죄로 잡혀갔다. 지금 돌이켜보면 외삼촌의 귀향은 결말이 빤히 보이는 일이었다. 외할아버지도 외삼촌도 조총련계에 소속되어 있었고, 외삼촌은 조총련계인 조선대학교를 다니기도 했다. 어떤 생각으로 귀국했는지는 모르겠지만, 오촌이모부가 중앙정보부 제주지부에 근무하고 있었다. 제주시 외곽에 높다란 담벼락 그리고 그 위에 둘러쳐진 철조망을 본 기억이 난다. 그걸 보고 동네 형이 작은 소리로 "저기가 한라기업사야." 하고 알려주었다.

할머니는 이모부를 두고 "충청도 양반, 충청도 양반" 하며 칭찬을 하셨지만, 커다란 몸집에 크고 검은 얼굴, 이마에 보이는 작은 흉터까지 내가 이모부를 보고 양반 이미지를 떠올릴 수는 없었다. 그런 이모부가 없었다 해도 인간관계가 촘촘하게 얽힌 제주에서 무슨 비밀스런 일을 도모하기는 애시당초 글렀을 것이다. 아마 처벌할 건덕지가 별로 없어, 누구누구를 만나 유신을 비방하며 포섭하려고 했다는 것 이상의 혐의를 잡지도 못했을 것이다. 외삼촌은 5년쯤 감옥살이를 하고 나왔다.

얼마 뒤, 공대에 다니던 형은 카이스트 석사 과정에 응시했는데 떨어졌다. 연좌제라고 했다. 외삼촌이 간첩인데 국가기관이나 다름

없는 카이스트에 들어갈 수 없다는 것이었다. 다들 쉬쉬했지만 4·3을 겪은 제주 출신들에게는 흔히 있는 일임을 그때 알게 되었다.

고등학교 때인가, 하루는 집에 왔더니 아버지와 깡통 선생님이 술상을 마주하고 앉아 있었다. 두 분이 아는 사이였던가? 그럴 리가 없는데. 아버지는 그때까지 내가 다니던 학교에 와본 적이 거의 없었다. 입학식이나 졸업식 때도 오지 않으셨다. 그런데 깡통 선생님을 어떻게 알게 되었을까? 집에서 술을 같이 마실 정도로 스스럼없는 사이였던가?

그렇다면 아버지는 진작에 깡통 선생님을 알고 있었고, 그때 외삼촌 일과도 모종의 관련이 있었던 것일까? 그런 얘기를 감히 물어볼 수는 없었다. 간간이 나와 눈이 마주친 선생님은 아무 말 없이 빙긋이 웃으시면 술잔을 기울일 뿐이었다.

처음이자 마지막 수학여행

초등학교 6학년 때 가장 신나는 일은 수학여행을 갈 수 있다는 것
이었다. 1박 2일의 짧은 제주도 일주 여행이었지만, 그런 건 아무런
문제도 아니었다. 수학여행을 떠나기 며칠 전부터 조를 짜고 무엇
을 하며 놀지 궁리하느라 마음은 한껏 들떠 있었다.

담임선생님은 너무 심하게 놀지 말라며 선배들이 겪은 전설 같은
이야기도 들려주셨다. 그 중에 한 가지. 모든 사건은 밤에 이루어지
기 마련인데, 자는 아이의 고추 끝을 실로 묶는 장난이 벌어졌다고
했다. 오줌이 마려워 아침에 깨어보니 점점 풍선처럼 부풀어오르
고, 그럴수록 가느다란 실은 여리디 여린 살을 파고들고……. 장난
을 친 아이들도 넋이 나가고 선생님들이 죄다 달려들어 터져 버릴

듯한 위기를 겨우 넘겼다고 했다. 이런 이야기를 들으면서 부푼 마음은 점점 더 부풀어져 갔다. 그런데 이 수학여행이 나의 처음이자 마지막 수학여행이 될 줄은 미처 몰랐다. 나중에 내가 다니게 된 중고등학교는 수학여행을 아예 가지 않는 학교였다.

내가 성산포에서 제주시에 있는 학교로 전학 온 것은 3학년 가을, 소풍 바로 전날이었다. 그때나 지금이나 초등학교 가운데 제주도에서 가장 오래된 전통 있는 학교였다. 제주 시내 중심가에 자리를 잡고 있어 잘사는 집 아이들이 많았고, 누구네 어머니가 학교 한번 다녀가면 다음날 급장이 바뀌더라는 말이 심심치 않게 떠돌 정도로 치맛바람이 거센 학교였다.

전학 간 날 쑥스럽게도 선생님은 "일학년, 이학년 모두 우등상을 탔단다." 하며 나를 소개했다. 얼핏 내비친 선생님의 비아냥거림을 그때는 미처 알아채지 못했다. 촌구석에서 우등상을 타봐야 별수 있겠냐는 비아냥거림이었을 것이다. 그런데 정작 놀라운 것은 아이들의 반응이었다. 일제히 와아 하며 감탄하는 것이었다. 그게 무슨 그렇게 놀랄 일이라고, 수업만 열심히 들어도 우등상은 탈 수 있는 것 아닌가 하고 생각하던 때였기 때문이다. 그러는 한편 이 학교 아이들은 우등상을 굉장히 중요하게 여기는구나 싶기도 했다.

정작 수학여행은 출발부터 썩 유쾌하지는 않았다. 담임선생님이 잔뜩 찌푸린 표정으로 나타나신 것이다. 몸이 몹시 아프지만 너희들을 이끌려고 억지로 나왔다며, 여행 기간 동안 알아서 질서 잘 지키며 지내라고 힘겹게 말씀을 이어나갔다. 선생님의 이런 당부의 말이 우리들의 들뜬 마음을 가라앉힐 수는 없었다.

서귀포의 천지연폭포에 도착했을 때였다. 폭포 근처 바위에 서니 떨어지는 물소리가 너무나 장쾌했다. 작은 물방울들이 날리며 온몸을 시원하게 해주었다. 그때 한 녀석이 억눌린 분노를 터트리기라도 하듯이 "아악~" 큰 소리를 지르며 작은 돌을 폭포수 쪽으로 던졌다. 이것이 신호이기라도 한 듯, 너도 나도 소리를 지르며 돌멩이를 던져댔다. 끝도 없이 물을 쏟아내는 폭포수는 우리들의 고함 소리와 돌멩이들을 무심한 듯 삼켰다.

실컷 소리도 지르고 돌멩이도 던지고 나니 마음이 뻥 뚫리는 듯 개운해졌다. 하지만 몸은 개운해질 수 없었다. 이 일을 나중에 전해 들은 담임선생님이 잔뜩 화가 나신 것이다. 그날 저녁 시간은 '엎드려뻗쳐'나 '쪼그려 뛰기' 같은 단체 기합과 일장 훈시로 모두 허비해야 했다.

제주시로 이사를 와서도 어머니는 물질을 계속해야 했다. 그래서 우리는 바닷가 근처에 살았다. 처음 이사 간 곳은 탑동이었다. 지금은 탑동 앞바다를 매립해서 횟집이나 호텔 같은 큰 건물이 들어서 있지만, 그때는 집 바로 앞이 바다였다. 작은 방파제가 집들과 나란히 서서 바다의 파도를 막아주었다. 그러나 거센 태풍에는 별 역할을 하지 못했다. 언젠가 태풍이 몹시도 거세게 몰아치던 밤, 밤새 파도가 대문을 때리는 소리 때문에 자다 깨다 한 적이 있다. 다음날 일어나 보니 마당은 온통 물바다가 되어 있었다.

탑동은 제주 시내에서 가까웠지만 그렇게 바닷바람을 바로 맞는 곳이라 가난한 사람들이 많이 사는 동네였다. 전학 온 지 얼마 되지도 않았고 가난한 바닷가 동네에 살 수밖에 없었던 나로서는 모든 일에 잔뜩 주눅이 들어 있었다. 우선 한 학년에 여섯 학급이었으니 예전 학교보다 여섯 배나 학급 수가 많았고, 그에 맞춘 학교 건물도 우람하게 솟은 삼층 건물이었다. 또한 한결같이 고급스러운 옷차림새여서 모두 부잣집 아이들로 보였다.

그러나 무엇보다 놀라운 것은 아이들의 대화 수준이었다. 성산포에서는 오늘은 수매밑 동굴에서 놀 것인지 오정개에 보말 주우러 갈 것인지 따위를 화제로 삼으며 놀았다. 이곳 아이들은 달랐다. 갈릴레이가 낙하 실험을 한 곳이 어디냐? 피사의 사탑이다. 그런데 갈릴레이가 맞느냐, 갈릴레오가 맞느냐? 이런 대화를 주고받았다. 내가 생판 모르는 세계였다. 과연 이런 아이들과 어울려 생활할 수 있을지 알 수 없었다.

그런 중에도 한 가지 눈길을 끄는 것이 있었다. 아이들마다 지니고 있는 두툼한 책이었다. 얼핏 보니 교과서 내용을 설명해 주는 글과 사진이 빼곡히 들어가 있었다. 전과라고 했다. 이 아이들의 비밀스러운 이야기들이 저 전과라는 책에 다 들어 있는 것이구나 하는 생각이 들었다.

전과를 파는 서점은 '우생당'이라고 했다. 그때는 몰랐지만 제주도에서 제일 크고 오래된 서점이었다. 교문에서 조금만 걸어 나가면 나오는 큰길이 중앙로인데, 중앙로만 건너면 바로 우생당이라고 했다. 그날 방과 후에 어머니를 졸라 돈을 쥐고 전과를 사러 나섰다. 중앙로를 건너보아도 우생당은 보이지 않았다. 서쪽으로 걸음을 조금씩 옮기며 찾아보아도 보이지 않았다. 이러다 끝내 전과를 사지 못하는 건 아닌지 걱정이 되기 시작했다.

관덕정을 지나고 서문다리, 서문시장도 지났다. 이렇게까지 멀리 있을 리가 없는데 싶었지만, 그런 생각은 내 머릿속 저 구석탱이에 처박혀 있을 뿐, 몸은 자꾸 서쪽으로 서쪽으로 하염없이 옮겨지고 있었다. 그러는 사이에 어느덧 제주시의 서쪽 끝, 멀리 공항이 보이는 곳까지 와버렸다. 그렇게 오는 도중에 서점도 몇 곳 지나쳤건만 전과를 팔지 않을 것이라는 지레짐작으로 들어가 보지도 않았다. 우생당이 아닌 서점에서는 내가 본 그 전과가 아니라 질이 훨씬 떨어지는 전과를 팔기라도 하는 것처럼. 하여튼 그 전과를 그곳 우생당에서만 사야 한다는 생각뿐이었다. 결국 그렇게 한참을 헤매다 집으로 돌아와야 했다. 이런 바보 같은 얘기를 혼자서만 묻어두고서 다음날 중앙로로 다시 나가보았다. 허탈하게도 살짝 왼쪽인 동쪽을 바라보니 큼지막하게 '우생당'이라고 쓴 간판이 눈에 들어오는 것이 아닌가!

수학여행 둘째 날은 동쪽을 도는 코스였다. 점심때쯤 성산포로 접어들었다. 버스는 일출봉을 향해 모퉁이를 돌아 진입로로 들어섰다. 조무래기들 몇 명이 우두커니 서서 힘없이 손을 흔들고 있었다. 관광버스를 보면 무조건 손을 흔들라는 교육을 받던 때였다. 아는 얼굴은 없었지만 어릴 적 내 벗들의 동생쯤 되는 아이들이었을 것이다. 얼핏 보아도 차림새는 볼품없었다. 하나같이 얼굴이며 손등에 땟국물이 흘렀다. 그 추레한 모습을 본 순간 내 얼굴이 화끈 달아올랐다. 내가 마치 그 아이들이 되기라도 한 양 움츠러들었다.

일출봉 밑자락, 일출봉 호텔 뒤편의 넓은 잔디밭에서 점심 도시락을 먹었다. 언덕 밑 저 멀리에 펼쳐진 우뭇개 바닷가는 변함없이 푸르렀다. 점심을 먹고 나자 언덕 곳곳이 나무를 얇게 저며 만든 일회용 도시락으로 어질러졌다.

그때 동네 아주머니 몇 사람이 몰려들어 흩어진 도시락을 줍기 시작했다. 하필이면 그 일행 중에 큰어머니와 작은어머니도 끼어 있었다. 작은어머니는 저쪽 멀리 있었지만 큰어머니는 점점 내 쪽으로 다가오고 있었다. 고개를 처박고 부지런히 도시락을 줍느라 나를 볼 새가 없었다. 창피한 생각에 자꾸 얼굴이 붉어졌다. 그때 차라리 외면한 채 안 보이는 곳으로 슬쩍 피했으면 좋았으련만. 미련하게 나는 다가가서 인사를 하는 것도 아니고 그렇다고 피하지도 못한 채, 얼어붙은 듯 그 자리에 서 있을 뿐이었다. 마침내 고개를 쳐든 큰어머니가 나를 발견하고, "아이고 게, 영근이 아니가? 무사, 인사도 안 허고. 거지같이 보영 막 창피해 부러시냐?" 하고 말씀하셨다. 왜 인사도 안 하느냐, 거지같이 보여 창피하냐며 섭섭한 마음을 토로하셨다. 멀리서 선생님과 친구들이 한심한 듯 나를 쳐다보는 것만 같았다. 그렇게 나의 처음이자 마지막 수행 여행은 끝나가고 있었다.

마징가와 태권브이

아이들은 한 몸처럼 움직였다. 아마 초등학교 6학년 여름 즈음이었을 것이다. 〈로보트 태권브이〉 만화영화를 상영하던 제일극장에 표를 내고 들어간 뒤 영화관 문을 열었다. 2학년에서 4학년쯤으로 보이는 아이들로 객석이 가득 차 있었다.

잔뜩 흥분한 아이들이 영화가 시작되기를 기다리고 있었다. 팽팽한 긴장감이 느껴졌다. 조금만 건드려도 금방 폭발할 듯한 긴장감이었다. 내가 못 들어올 곳에 들어온 것이 아닌가 하는 생각이 들기도 했다.

드디어 "달려라 달려 로보트야, 날아라 날아 태권브이~" 주제곡이 시작되었다. 모두 약속이나 한듯 한 목소리로 따라 부르기 시작했다. 가늘고 카랑카랑한 어린 아이들 목소리가 극장 가득 울려퍼졌다.

커다란 연못에서 물이 빠지고 바닥에 덮여 있던 덮개가 열린다. 커다란 로봇이 우뚝 솟아오르고, 우리의 주인공 쇠돌이가 작은 비행물체에 타고 로봇 머리 위에 사뿐히 내려앉는다. 드디어 출발이다, 마징가 제트! 마징가 제트가 나오는 날이면, 동네 형 집에 몰려들어 텔레비전을 보았다. 나뿐만 아니라 동네 아이들 대다수가 집에 텔레비전이 없었기 때문이다. 옹기종기 모여 앉아 숨죽이며 보다가 마징가 제트가 위기에 처했을 때, 어떤 아이가 "로케트 주먹, 나와랏!" 하면, 옆에 있던 동네 형이 "아직 나올 때 안 됐어." 하고 핀잔을 주기도 했다.

아프로디테인가 미네르바인가 하는 이름의 여자 로봇이 언제나 먼저 출동하여 악당 로봇을 물리쳐 보려고 하지만, 가진 무기라고는 젖가슴 로켓 단 두 방뿐이다. 그걸 쏘고 나면 오히려 자기가 위기에 처하게 되고, 그때 마징가가 나타나 일단 위기를 모면한다. 하지만 상대 로봇도 만만한 녀석이 아니다. 마징가가 위기에 처하고, 로켓 주먹이나 나중에는 무슨 강력한 광선 같은 무기로 대역전극을 펼친다. 이런 뻔한 패턴이었지만, 어린 내가 이런 패턴을 알아챌 수는 없었다.

악당으로 나오는 아수라 백작은 반은 남자, 반은 여자인데, 항상 등장할 때면 남자 쪽 얼굴에 남자 목소리, 그 다음은 여자 쪽 얼굴에 여자 목소리가 나오고, 마지막에는 정면을 향한 모습이 나온다. 이때는 남자 여자 얼굴이 모두 보이므로 목소리도 남자 여자 목소리가 함께 나온다. 이런 패턴을 인식하게 된 것도 한참 뒤의 일이었다. 오히려 남자 여자 목소리가 같이 나올 때면 소리가 잘 들리지 않아 살짝 짜증스럽기도 했다. 이런 판에 박힌 이야기 구성에 대한 무지 때문에, 아니 오히려 판에 박힌 이야기 구성 덕분에 마징가에 끝없이 빨려들었던 것일까.

동네 아이들과 어울려 놀다가 심심해질 때쯤, 누군가가 "기운 쎈 천하장사, 무쇠로 만든 사람~" 하고 주제가를 부르기 시작하면 무슨 비장한 일을 결심이라도 하듯이 큰소리로 다 같이 따라 부르곤 했다.

마징가 제트가 내 마음을 사로잡고 있는 동안, 마징가 제트가 등장하는 공책이나 필통 같은 학용품들이 쏟아져 나왔다. 그 중에서 그나마 내가 돈을 주고 살 수 있었던 것은 딱지였다. 다들 마징가 딱지라고 팔고 있었지만 가짜 마징가도 많았다. 조금만 들여다보면 가짜인 것을 알아볼 수 있었다. 마징가는 머리 양옆으로 뿔이 달려 있었는데, 진짜와 가짜는 이 뿔 모양부터 달랐다. 진짜 마징가는 일자로 곧게 뻗은 뿔이었는데, 가짜는 니은 자로 꺾어진 뿔이 달리는 식이었다. 어쩌면 그 반대였는지도 모르겠지만, 당시에는 한눈에 진짜인지 가짜인지 알 수 있었다. 딱지만이 아니라 책받침이든 필통이든 가짜가 많았다. 가짜 마징가가 찍힌 필통이나 공책을 가진 친구 보고 "가짜 마징가네." 하고 말해주고 싶었지만, 차마 그렇게는 하지 못했다.

그렇게 마징가 제트에 흠뻑 빠져 즐기던 어느 땐가, 우리나라에서 만든 것으로만 알고 있던 마징가가 사실은 일본 만화라는 것을 알게 되었다. 그러나 낭패감은 그리 오래 가지 않았다. 잠깐의 낭패감을 애써 뒤로 하고 못 들은 것으로 하기로 결심했다. "일본 만화면 어때, 재미있기만 하면 됐지." 이런 생각은 꿈에도 할 수 없던 시절이라 애써 사실을 외면하는 것으로 대응한 것이다.

사실 첫 회를 볼 때부터 머리 한구석에 우리나라에서는 이런 만화를 만들 수준이 안 된다는 것을 알고 있었으면서도 그런 의심을 더 먼 구석으로 몰아내고 마징가 만화에 몰입한 것인지도 모른다. 그러나 마징가 제트가 일본 작품이라는 걸 안 뒤로는 아무래도 한풀 꺾일 수밖에 없었다.

마징가 방송도 끝나고 가끔씩 부르는 주제가로 기억을 되살릴 때쯤, 우리나라에서도 로봇 만화를 만든다는 소문이 들려왔다. 처음에는 흔한 가짜 마징가 급의 만화이겠거니 하고 별 관심을 두지 않았다. 그런데 태권도 하는 로봇이라는 말이 먼저 흥미를 끌었다. 우연히 본 로봇 얼굴의 모습도 가짜 마징가하고는 비교할 수도 없을 정도였다. 늠름한 자태가 진짜 마징가에 견주어도 뒤떨어지지 않았다. 오히려 마징가보다 더 끌리는 모습이었다. 그리고 꼭 임청기 사단의 작품이라고 내세우면서 광고를 했는데, 감독 이름이 멋있어서 좋았다. 감독이 누구인지 뚜렷하게 인식하게 된 첫 번째 영화이기도 했다.

〈로보트 태권브이〉 만화영화는 처음으로 내 돈 내고 본 영화로 기억한다. 아버지가 코리아극장에서 일하고 계셔서 말씀만 잘 드리면 웬만한 영화는 공짜로 볼 수 있었다. 하지만 그게 꼭 좋은 일만은 아니었다. 그 때문에 다른 극장의 영화들은 쉽게 볼 수 없었기 때문이다. 우리 집에서 영화는 공짜로 보는 것이지 돈을 주고 보는 것이 아니었다. 돈을 내고 영화를 보는 일은 있을 수 없었다. 그러니 제일극장이나 아세아극장에서 하는 영화는 아무리 보고 싶어도 좀처럼 보기 어려웠다. 〈스팅〉이나 〈엑소시스트〉 같은 영화들은 한참 뒤에 텔레비전으로나 볼 수 있었다. 〈태권브이〉 영화를 상영한 곳은 제일극장이었다. 나는 모아놓은 돈을 탈탈 털어 보러 갔다.

주제가 합창을 시작으로, 악당 박사가 학술대회에서 머리로 물구나무 서는 장면에서는 모두들 깔깔거리며 웃었고, 아름다운 꽃들이 피어나는 푸른 들판에서 여자 주인공이 요정처럼 혼자 노래를 부르는 장면에서는 모두들 숙연해지기도 했다. 어쩌다 주인공이 위기에 처하기라도 하면, "아악, 안 돼." 하며 다 같이 소리를 지르고, 악당을 물리칠 때면 영화관이 떠나가라 박수를 쳐댔다. 중간 중간에 나오는 주제가를 함께 따라 부른 것은 말할 것도 없었다.

그러나 영화가 계속되는 내내, 영화는 정말 재미있었지만 나는 못 올 곳에 온 사람처럼 그 분위기에 온전히 빨려들 수 없었다. 악당 박사와 똑같이 생긴 친구가 같은 반에 있어서, 악당 박사가 그 큰 머리로 물구나무를 서는 모욕을 당할 때 마음껏 웃지 못했기 때문만은 아니었다. 함께 박수를 쳐보아도 흥이 크게 오르지 않았고, 주제가를 같이 따라 불러보아도 어린 동생들과 온전히 섞여들지 못했다.

큰 박수 소리에 함께 영화가 끝나고 와자지껄 떠들며 끼리끼리 친구들과 뛰어다니는 아이들을 뒤로 한 채, 서둘러 제일극장을 나왔다. 칠성통 거리를 걸어가며 생각했다. 이제 나는 더 이상 어린이가 아니구나. 돌이켜보면, 그날이 내 어린 시절의 마지막 날이었는지도 모르겠다.

원산폭격

구내 이발소에 있던 친구 두 명이 끌려오다시피 급히 교실로 들어왔다. 한 친구는 머리를 미처 다 깎지 못하고 반쪽만 잘록하게 잘려 있었다. 또 한 친구는 머리 뒤쪽에 면도 거품이 듬성듬성 허옇게 묻어 있었다. 머리는 다 잘랐는데 마무리 면도를 다 마치지 못하고 급히 온 것이었다. 깎다 만 머리에 허연 면도거품. 마치 코미디언처럼 일부러 웃기려고 분장을 하고 나타난 듯했다. 아침 조회시간이었다. 조회시간이라고 하지만 그날도 학교생활은 일찌감치 시작된 터였다. 아침 일찍 시작된 보충 수업은 이미 끝났고 정식 수업을 앞두고 있었다.

복장 검사, 특히 두발 검사가 엄격하던 때였다. 보통 스포츠머리라고 부르긴 했지만, **빡빡**머리나 다름없었다. 머리 윗부분만 조금 남겨놓고 나머지는 모조리 바싹 잘라야 했다. 그날도 두발 검사가 예고된 날이었다. 전날 미처 이발을 못한 아이들이 아침 보충 수업이 끝나고 정식 수업을 시작하기 전에 학교 구내 이발소에서 급히 머리를 자르던 참이었다.

그런데 그날따라 담임선생이 평소보다 조금 일찍 교실로 들어왔다. 담임은 빈자리가 몇 군데 보이자 호통을 쳤다. 빨리 가서 잡아오라고. 그렇게 이발을 하다 말고 두 명이 잡혀왔다. 자르다 만 머리카락, 군데군데 허옇게 묻어 있는 비누거품. 평소 같으면 반 아이들 모두가 큰소리로 웃음을 터트릴 만한 상황이었지만 교실은 쥐 죽은 듯 조용했다.

담임이 반쪽 머리만 깎은 친구에게 "너 이리 와!" 하고 불렀다. 육상 특기생으로 들어온 애였는데 키가 큰 편이었다. 담임이 왼손으로 이 키 큰 친구의 오른쪽 뺨을 틀어쥐고 몇 번이고 흔들었다. 담임이 교단에 올라가 있던 참이라 키가 얼추 맞았다. 그렇게 뺨을 틀어쥐고 흔들다가 오른손으로 왼쪽 뺨을 후려쳤다. 키 큰 친구가 한 방에 나가떨어졌다. 담임이 뺨을 틀어쥐고 친구가 나가떨어지기까지 이렇게 천천히 일어난 일이 아니었다. 순식간에 일어났다. 퍽 하는 소리로 시작해 꽝 하는 소리로 끝났다. 꽝 하는 소리는 친구가 나가떨어지며 책상에 부딪친 소리였다. 긴 머리 반 짧은 머리 반인 키 큰 녀석이 나자빠졌다가 황급히 일어나는 모습을 보니 순간 웃음이 나오려고 했다. 하지만 웃을 수는 없었다. 만에 하나 그런 모습이 담임의 눈에 띄기라도 하면 무슨 봉변을 당할지 몰랐다.

다음은 거품 묻은 친구 차례였다. 키가 작고 알이 아주 굵은 안경을 쓴 친구였다. 키에 비해 코가 좀 큰 편이어서 뿔테 안경을 쓴 모습이 미국의 유명한 외교관 키신저와 닮아보였다. 그 친구를 볼 때마다 키신저 축소판이라고 생각했다. 평소에 쾌활하고 농담도 잘하는 친구라 우리 반의 코미디언 같은 친구였다. 그런 친구라 진작 '까불래기'로 찍혀 담임의 눈 밖에 난 터였다. 실없는 농담으로 까불어대는 녀석으로 찍힌 것이다.

그날도 담임은 키신저 축소판이 끌려오자, '옳다구나, 너 잘 걸려들었구나. 한번 당해 봐라.' 이런 생각을 품었을지도 모르겠다. 키신저도 퍽 하는 소리로 시작해 쾅 하는 소리로 나가떨어졌다. 담임의 평소 감정 때문이었는지 아니면 키신저가 몸집이 작아서 그랬는지 훨씬 멀리 날아가 넘어졌다. 그런 키신저가 허옇게 거품 묻은 머리로 다급히 일어나는 모습이 일부러 넘어졌다 일어나는 코미디언처럼 웃겼다. 그러나 참아야 했다. 울음을 참는 것보다 터져 나오려는 웃음을 참는 것이 더 어렵다는 것을 실감했다. 그 뒤에도 여러 번 퍽 하고 쾅 하는 소리가 이어졌다. 한편으로는 억지로 웃음을 참아야 했고 한편으로는 난무하는 폭력의 공포를 견뎌야 하는 시간이었다. 요즘 말로 하면 웃으며 울고 싶은 광경, 정말로 웃픈 광경이었다.

담임은 음악 선생이었다. 얼굴이 길쭉하고 머리도 길었다. 다른 제주도 선생님들에게 비치곤 하는 촌티가 드러나지 않는 서구적 용모였다. 처음에 보았을 때 음악 선생이라는 말을 듣자 그렇구나 하고 수긍이 갔다. 겉으로 드러난 모습은 클래식 음악과 어울리는 세련된 도회지 사람이었다. 그런데 별명은 민망하게도 '개다리'였다. 우리가 입학하기도 전, 오래전 선배들 때부터 내려오던 별명이었다. 괴이한 별명만큼이나 괴이한 일들이 전설처럼 따라붙어 다녔다. 하필이면 왜 개다리라는 별명이 붙었을까 생각해본 적이 있다. 아마도 키에 비해 얼굴과 머리 부분이 길어서 그랬을까. 선생을 유심히 보고 있으면 5등신처럼 보이기도 했다. 그 별명을 알고 선생을 바라봐서 그랬는지 보면 볼수록 하체가 점점 가늘어지는 듯한 착각이 들기도 했다.

입학하고 반 편성이 될 때부터 우리 반 담임이 개다리 선생이라는 소문이 돌았다. 우리 반에 정말로 개다리 선생이 들어온 그 순간, "아!" 하는 탄식이 조용하지만 분명히 터져 나오기도 했다.

음악 시간도 즐거울 리 없었다. 음악실은 학교 중앙탑 꼭대기 층에 있었다. 음악실이라고 해봐야 보통 교실과 다를 바 없었다. 오히려 아늑한 맛도 없어 더 휑하다고 해야 할까? 보통 교실 두 배 정도 되는 크기에 교실에서 쓰는 책상과 같은 종류의 책상들이 놓여 있었다. 가끔씩 사용하는 곳이라 그런지 온기도 느껴지지 않았다. 교실 앞쪽에 큰 스피커가 놓여 있는 것이 일반 교실과 다른 점이었다.

음악 선생은 처음에는 스메타나의 〈몰다우〉를 틀어주었다. 그 뒤로는 차이코프스키의 교향곡이나 피아노 협주곡을 주로 틀어주었다. 차이코프스키를 틀어줄 때는 칠판에 T자로 시작하는 로마자 알파벳으로 차이코프스키 이름을 큼직하게 썼다. 작곡가에 대해 몇마디 설명을 한 뒤 음악 듣기가 시작되었다. 무슨 얘기를 했는지 기억이 전혀 나지 않지만, 나중에는 차라리 작곡가에 대한 설명으로 한 시간을 채우는 게 더 낫지 않았을까 하는 생각이 들었다.

한 시간 내내 음악을 듣는 일은 쉽지 않았다. 우선 의자에 허리를 곧추세우고 똑바로 앉아야 했다. 눈을 감은 뒤 그 자세 그대로 그긴 음악을 들어야 했다. 서양 고전 음악에 익숙하지 않은 대부분의 아이들에게 고역 같은 시간이었을 것이다. 이른바 '부동자세'로 앉는 것이야 그렇다 쳐도, 눈을 감고 음악을 듣는 일이 문제였다. 안그래도 졸음을 부르는 음악인데 눈을 감고 있으니 스르르 잠이 오려고 한다. 행여라도 조는 날에는 무슨 낭패를 당할지 알 수 없다. 예민한 선생 앞에서 졸고도 그냥 넘어가길 바라기는 어려웠다. 한 마디로 음악 감상 시간은 졸음과 지루함, 이 두 가지와 힘겹게 싸워야 하는 고난의 시간이었다.

실기 시험을 볼 때도 선생의 괴팍한 성격이 드러났다. 장일남 작곡의 〈비목〉을 부르는 시험이었다. "초연이 쓸고 간 깊은 계곡~" 이렇게 시작하는 한국 가곡인데, 그때는 한국 가곡 가운데 최고로 인기 좋은 곡으로 꼽혔다. 시험이 시작되면 한 사람씩 일어나 〈비목〉을 불렀다. "초연이 쓸고 간 깊은 계곡~" 여기까지 부르면 선생은 "앉아! 그 다음" 하고 소리친다. 다음 번호의 학생이 일어서서 처음 두 소절을 부르고 앉고, 그 다음으로 이어진다.

이 테스트의 핵심은 처음 시작할 때 반 박자 쉬고 들어가느냐 아니냐에 있다. "음~" 하고 머리를 한번 까딱거리며 반 박자 쉰 다음 "초연이 쓸고 간 깊은 계곡~" 이렇게 부르면 합격이었다. 지금 생각해 보면 나름 합리적인 테스트 방식이었다. 한 가지 노래를 처음부터 끝까지 60번 넘게 듣는 것도 교실에 있는 모든 사람들에게 고역일 터였다. 두 소절만 부르니 시간이 훨씬 짧아졌다. 게다가 반 박자 쉬고 들어가 두 소절을 음정 박자 틀리지 않고 부르면 합격이니 웬만한 음치라도 연습만 열심히 하면 통과할 수 있었다. 물론 이런 방식을 고안하게 된 것은 두 소절 이상 너희 노래를 들어줄 수 없다는 선생의 괴팍한 고집이 가장 큰 역할을 했을 것이다.

그런데 가끔 이런 고집을 꺾는 일도 벌어져 피해를 본 친구도 있었다. 옆반에 노래 잘하는 친구가 있었다. "음~ 초연이 쓸고 간 깊은 계곡~" 여기까지 잘 불렀는데도 "앉아!" 하는 소리가 들리지 않았다. 친구는 의아해 하면서 노래를 계속 불렀다. 사실 다들 두 소절까지만 부르고 앉는다는 걸 잘 알고 있었기 때문에 뒷부분은 거의 연습을 하지 않았다. 이 친구는 노래를 평소에도 잘 불러 특별한 연습 없이도 〈비목〉을 잘 부를 수 있는 친구였다. 그런데 왜 "앉아!" 하는 소리를 안 하지? 다음 소절까지만 하면 될까? 이런 생각 때문에 중간에 집중력이 흐트러지고 말았다. 뒷부분 어느 대목에선가 실수를 하고 그때서야 "앉아!" 소리를 들었다. 물론 이 친구의 실기 점수는 불합격이었다.

음악 선생뿐 아니라 학교 전체에 답답한 폭압의 기운이 공기처럼 퍼져 있었다. 교련이나 체육 시간은 합법적으로 우리를 굴리는 시간이었다. 체육 시간은 '선착순 시합'의 시간이었다. 뻑하면 체육 선생이 "저기 골대까지 선착순!" 하고 소리를 질렀다. "선착순!" 하는 소리는 마법 같은 효과를 불러일으켰다. 이 소리가 들리자마자 아이들이 득달같이 달려 나갔다. 일단 1등으로 들어오면 그 다음부터는 쉴 수 있기 때문이다. 그렇게 힘겹게 골대까지 달려갔다 오면 1등은 언제나 딱 한 놈이었다. 나머지는 다시 골대를 돌아 달려와야 했다. 이렇게 몇 번만 달려도 온몸에 힘이 빠진다.

행여나 막판에 들어올 때 1등으로 들어오겠다고 앞선 친구를 앞지르려고 시도라도 하면 그때는 엄청난 체력이 소모되면서 기진맥진해지기 일쑤였다. 선착순 게임이 진행될수록 빨리 달릴 수도 없고 그렇다고 빨리 달리지 않을 수도 없는 상황에 처하게 된다. 빨리 달려 1등으로 들어가면 더할 나위 없이 좋겠지만, 전력 질주하다가 1등으로 들어가지 못하게 되면 엄청난 체력소모를 겪어야 한다. 그렇다고 마냥 천천히 달리면 선착순 게임이 끝날 때까지 계속해서 달려야 한다. 이런 딜레마 속에서 체육 시간은 마의 시간처럼 천천히 아주 천천히 흘렀다.

선착순 가운데 정말 견디기 힘든 장면도 있었다. 그 당시 학교 운동장에는 구령대가 있었다. 지금 생각해보면 학교에 있을 필요가 전혀 없는 물건이다. 사병들을 집합시키고 일장 연설을 하고 열병식을 하는 군대에서나 필요한 물건이었다. 그런데 당시에는 어느 학교에나 구령대가 있었다. 그냥 있는 정도가 아니라 운동장에서 일어나는 일은 모두 구령대 중심으로 벌어졌다. 아침 조회 시간에는 교장이 올라가 일장 훈시를 한다. 행여 상이라도 받으려면 구령대까지 잽싸게 뛰어가야 했다. 내가 처음 학교에 발을 들인 그날부터 구령대가 있었다.

일제 강점기 때부터 구령대가 있었을 것이다. 군대 연병장을 그대로 학교에 옮겨놓은 학교 운동장. 일제가 물러간 뒤에도 학교 운동장은 여전히 구령대를 중심으로 돌아갔다. 학교에 입학할 때부터 운동장에는 구령대가 있는 것이 너무나 당연한 일이었다. 그래서 구령대가 왜 운동장에 있어야 하는지 고민해본 적도 없었다.

체육시간에도 구령대를 중심으로 일이 벌어졌다. 체육 선생은 보통 구령대 옆에 서서 선착순 훈련을 시켰다. 한번은 저쪽 왼쪽 골대를 돌아오게 하고, 또 한번은 오른쪽 골대를 돌아오게 했다. 운동장의 중심인 만큼 구령대는 체육 시간에도 그 완고한 지위를 꿋꿋이 유지하고 있었다. 선착순을 여러 번 돌아 기진맥진해질 즈음에 체육 선생은 구령대 밑으로 전부 들어가라고 명령을 내렸다. 이것도 일종의 선착순이었다. 구령대 밑으로 기어들어가지 못하고 밖에 남은 놈들은 무자비하게 치겠다는 뜻이었다.

구령대는 철제 프레임에 2층 구조로 만들어졌다. 교장 선생이 올라가는 단상과 땅 사이에 작은 공간이 있었다. 그런데 아무리 큰 구령대라고 해도 그 좁은 공간이 60명이나 들어갈 정도로 넓을 수는 없었다. 그런데 체육 시간마다 기적이 일어났다. 체육 선생이 "구령대로 들어가!" 하는 명령이 떨어지자마자 정말 신기하게도 반 아이들 거의 다 구령대 밑으로 들어가지는 것이었다. 물론 안에 들어가 있으면 오징어처럼 짜부라들고, 무엇보다 이런 짓까지 정말 해야 하는가 하는 인간적인 모멸감마저 들기는 하지만, 참 신기하게도 상당히 많은 사람들이 그 좁은 공간 안에 들어갔다. 정말 기상천외한 '구령대 사용법'이다!

교련 시간에는 구르는 게 일이었다. 좌향 앞으로 가! 우향 앞으로 가! 같은 제식 훈련을 하거나 총검술 훈련을 하기도 했지만, 교련 선생은 조금만 애들 행동이 마음 들지 않으면 "대가리 박아!"를 시켰다. 맨 바닥에 '엎드려뻗쳐'를 하는데 손 대신 머리를 대고 서 있어야 했다. 이른바 '원산폭격'이었다. 사실 원산폭격은 편안한 편에 속했다. 모자를 써서 그랬던가? 앞머리를 땅에 대고 있으면 어느 순간 평온해지는 느낌이 들 때가 있었다. 아마 머리 쪽으로 피가 돌면서 생긴 현상일 것이다. 그래서 원산폭격을 하고 난 뒤 일어서면 순간 어질해질 때도 가끔 있었다. 모두 혈액 순환 때문에 벌어지는 일일 것이다. 이렇게 혈액 순환에 좋다면 운동 삼아 할 수도 있으리라. 실제로 이런 운동 동작을 얼핏 본 듯도 하다.

원산폭격보다 참기 힘든 것은 '깍지 끼고 엎드려뻗쳐'였다. 양손을 깍지 끼고 맨바닥에 엎드려야 했다. 깍지 낀 손으로 몸을 지탱하는 자체가 정말 어려운 일이었다. 무게 중심이 깍지 낀 손가락으로 집중된다. 손가락은 그런 무게를 감당할 정도로 힘이 세지 않다. 그래서 깍지 낀 손가락이 아프다. 정말 아프다. 시간이 지날수록 점점 더 아프다.

가장 견디기 힘든 것은 알갱이들이다. 모래든, 모래보다 큰 돌가루든, 모래보다 작고 가는 흙가루든, 세상 모든 알갱이란 알갱이 놈들은 모두 손가락에 와 알알이 박힌다. 한번 박힌 알갱이는 점점 더 살을 짓누른다. 시간이 흐를수록 모든 알갱이들이 얇은 피부를 뚫고 손가락 속으로 파고들 것만 같다. 깍지 낀 손가락이 알알이 박히는 작은 알갱이들 때문에 고통받을 때 체력도 함께 떨어진다. 다리마저 후들거리기 시작하는 것이다. 10초가 1시간처럼 더디기만 했다.

그 격심한 깍지 끼기의 고통을 풀어주는 것은 아이러니 하게도 몸을 마구 굴리는 일이었다. 교련 선생이 "뒤로 취침!" 이런 명령을 내려주기라도 하면 그렇게 고마울 수가 없다. 잠시나마 뒤로 벌렁 땅바닥에 드러누울 수 있기 때문이다. 물론 잠시 쉴 틈도 없이 "앞으로 취침, 뒤로 취침!"이 연달아 계속되고, "좌로 굴러! 우로 굴러!"로 이어진다. 뒤이어 낮은 포복이 시작되면 팔꿈치가 다 까지는 고통도 견뎌야 한다. 이렇게 구르다 보면 온몸은 땀범벅 흙범벅이 된다. 그래도 차라리 교련 시간이 나았다. 어쨌든 모든 마음을 교련복에 맡겨놓게 된다. 그렇게 땅 위를 뒹굴다 보면 몸이야 고달프지만 왠지 마음이 편해지는 순간이 찾아오기도 했다.

1학기 중간고사를 마칠 즈음이던가, 개다리 선생이 학급 임원들을 집으로 불러모은 적이 있다. 제주시 중앙로에서 서문다리 쪽으로 가는 길에 있는 주택가에 있는 집이었다. 근처에는 지금은 없어진 현대극장이 있었다. 우리 동네에 가까워서 오며가며 자주 본 적이 있는 일본식 집이었다. 안으로 들어가니 긴 복도가 이어지고 그 끝에 응접실 같은 방이 있었다. 곳곳에 쌓인 물건들로 보아 상당한 연륜이 있어 보였다. 그 당시에 제주에서 음악을 전공하기는 참으로 어려운 일이었는데 그 집에 가보니 음악 공부를 시킬 만한 여력이 있는 집처럼 보였다.

아마도 학급 임원들을 집으로 불러모은 이유는 학급 임원들과 학급운영을 잘 해보자는 의도였을 것이다. 선생 집으로 모이라는 얘기를 들었을 때 개다리 선생이 학급운영 방식을 조금 바꾸려고 그러나 하는 희망도 조금 있었다. '깍지 끼고 엎드려' 뒤에 오는 '뒤로 취침' 정도의 변화라도 있으려나 하는 희망이었다.

그러나 자기 집이라고 해도 다른 선생들처럼 사적으로 만났을 때의 편안함은 없었다. 학교에서 우리를 대하던 그대로 차갑고 사무적인 태도였다. 더군다나 선생의 메시지는 분명했다.

"너네들 말이야, 학급생활이 어렵다, 답답해서 숨을 못 쉬겠다, 그런 말들 하는데 왜 숨을 못 쉬어? 마음껏 숨을 쉬란 말이야, 마음껏!"

이 말을 듣는 순간 나는 숨이 꽉 막혔다. 선생은 문제가 뭔지 전혀 모르고 있구나. 앞으로도 학교생활이 쉽지 않으리라는 생각이 들었다.

별도봉 시절

고등학교는 제주시 동쪽, 성산포 방면으로 가는 일주도로 변에 있었다. 여름 저녁, 야간 자습시간에 창문을 열어 놓으면 박쥐가 가끔 교실로 날아 들어오기도 했다. 날아든 박쥐를 쫓아내려고 친구들이 한바탕 소동을 피우던 일이 떠오른다. 박쥐가 날아들 정도로 민가에서 멀리 떨어진 곳이라 한적하고 조용했다.

학교 뒤편에는 별도봉이 있었다. 별도봉 자락에 학교가 자리를 잡았다고 말하는 것이 더 맞는 말일 것이다. 별도봉은 제주시 동쪽의 사라봉과 이어진 오름이다. 해 저물녘 석양을 바라보기 좋은 사라봉은 어렸을 적부터 자주 다니던 오름이다. 별도봉은 사람들이 많이 찾는 사라봉과 이어지기는 했지만, 사라봉에서 오는 길이 멀기도 하고 높은 낭떠러지가 이어져 있어서 위험하기도 했다.

경치 좋은 낭떠러지에 흔히 그렇듯이 별도봉 근처에도 자살터가 있었다. 자살터 하면 따라 다니는 이야기도 있다. 그런 곳에는 "다시 한 번 생각해 보세요." 하는 푯말이 걸려 있게 마련이다. 자살을 마음먹은 사람에게 한번 더 생각해서 극단적인 결심을 거두라고 설득하는 의미로 세운 푯말이다. 그런데 별도봉에는 이 푯말이 잘못 설치되었다고 한다. 극단적인 선택을 하려고 자살터에 갔다가 마음을 돌려먹고 돌아서는데, 그때에서야 "다시 한번 생각해 보세요." 하는 푯말이 보인다는 것이다. 내가 실제로 가본 적이 없어서 정말 그런지는 알 수 없었다. 어쨌든 사라봉에서 별도봉으로 이어지는 길은 이래저래 인적이 드문 곳이었다. 나도 학교에 들어와서야 별도봉에 처음 와보게 되었다.

학교에 와서 놀란 것은 학교와 별도봉 사이에 작은 개천이 흐른다는 것이었다. 화북천이었다. 이 개천은 바다가 멀지 않은 하류 쪽에 있어서 폭도 제법 넓어 작은 연못처럼 보이기도 했다. 제주도에서 민물 개천은 아주 드물었다. 제주시에도 개천이 몇 군데 있지만, 평소에는 물이 흐르지 않고 커다란 바위들이 그대로 드러나는 건천이었다. 물론 건천에도 물이 흐를 때가 있다. 비가 많이 내리면 사방에서 쏟아진 물들이 개천으로 모이며 엄청난 흙탕물이 폭포처럼 쏟아진다. 이럴 때 우리는 "내창 터졌다." 하며 쏟아지는 누런 흙탕물을 구경하러 가기도 했다. 그렇게 쏟아지는 흙탕물도 얼마 가지 못했다. 한바탕 물이 휩쓸고 지나간 뒤에는 언제 그랬냐는 듯 바위들만 덩그러니 드러날 뿐이었다.

학교 뒤편 화북천은 수량이 적을 때도 있지만 어쨌든 민물이 흐르는 개천이었다. '선착순'과 '깍지 끼고 엎드려'와 보충수업이 이어지는 힘겨운 학교생활에서도 어김없이 점심시간은 찾아왔다. 점심 도시락은 2교시나 3교시 수업 뒤 쉬는 시간에 해치운 터였으므로, 점심시간이 시작되자마자 친구들과 어울려 화북천 돌다리를 건너 별도봉으로 향했다. 완만한 경사를 이룬 별도봉 아랫자락에는 넓은 잔디밭이 펼쳐져 있었다. 화북천 너머 학교 쪽이 건너보이는 잔디밭에 모여앉아 점심시간을 보냈다. 별도봉 잔디밭은 남향이었다. 햇볕 좋은 날이면 화북천 냇가에서 반사된 빛이 눈을 간질이기도 했다. 이곳에 앉아 있으면 학교생활의 어려움을 잠시나마 잊을 수 있었다.

별도봉 잔디밭에서 자주 어울리던 친구 가운데 키신저 축소판처럼 생긴 친구가 있었다. 머리에 허연 비누거품을 묻힌 채 이발하다 말고 불려온 친구, 개다리 선생에게 그 모진 주먹질을 당한 그 친구였다. 워낙 성격이 쾌활한 친구라 선생에게 그렇게 당한 날에도 언제 그랬냐는 듯 금새 우리와 어울려 농담을 늘어놓았다.

키신저와 친한 옆반 친구도 잔디밭에서 자주 어울렸다. 잘생긴 외모에 조근조근 말솜씨도 참 좋았다. 더군다나 이 친구의 형이 서울에서 대학을 다녀서 대학생활에 대해 우리들이 궁금해할 만한 이야기를 많이 들을 수 있었다.

당시에 이어령 교수가 유려한 문장의 글을 잘 쓰는 것으로 유명했다. 친구 형은 그런 이어령 교수의 글쓰기 방식을 탐탁지 않게 여겼다고 한다. 넘쳐나는 미사여구 때문에 결코 훌륭한 글로 볼 수 없다는 생각이었다. 나도 당시 이어령 교수의 글을 몇 편 읽어본 적이 있다. 참 글을 멋들어지게 쓰는구나 하는 생각을 하며 읽었다. 그러던 차에 이런 견해를 전해 듣게 되니 그것 또한 글을 보는 신선한 시각일 수 있겠구나 하고 새로운 깨달음을 얻기도 했다.

이어령 교수의 글에 대해 평소에 비판적인 형이 미팅에 나갔다. 미팅 자리에서 이런 소신에 대해 한참 동안 '썰'을 풀었다. 한참 동안 썰이 이어졌지만 묵묵부답의 상대방 여학생. 알고 보니 그 여학생이 바로 이어령 교수의 따님이었다는 이야기. 믿기지 않는 결말이었지만, 대학생활에 대한 부푼 꿈을 키우기에는 충분했다. 낯선 여학생과의 미팅. 미팅 자리에서 이루어지는 고급스런 대화. 초등학교 1, 2학년 때 남녀 합반을 했을 뿐, 그 뒤로는 쭉 남자만 있는 반에서 지냈다. 더군다나 중고등학교는 남녀 공학도 아니어서 여학생은 그저 먼발치에서 바라봐야만 하는 존재였다. 그런 여학생과 자유롭게 만날 수 있는 대학생활이 과연 나에게도 올까? 이런 생각에 마음 부풀며 이야기를 들었다.

점심시간이 아닌데 가끔 수업이 중단되는 때도 있었다. 봄철이면 희한하게도 별도봉 잔디에 불이 붙곤 했다. 외지인이 거의 오지 않는 곳이고, 그래서 사람 흔적이 보이지 않는데도 불이 붙는 것이다. 이럴 때면 "와, 불이야!" 하면서 대걸레에 양동이 따위를 들고 별도봉으로 다들 뛰어나갔다. 불을 꺼야 했으므로 수업하시던 선생님들도 말리지 않으셨다. 그렇게 단체로 한꺼번에 뛰어나가면 불은 쉽게 꺼졌다. 몇몇 친구가 화북천에서 떠온 물로 잔불을 정리하는 사이, 덕분에 수업도 중단되고 아이들의 흥분도 커지며 이런저런 얘기로 웃고 떠들곤 했다.

그때 친구들 사이에 화제가 되었던 이야기가 있다. 그 당시에는 송충이를 잡는다든가 풀을 벤다든가 해서 학교 단위로 야외에 나가 활동할 때가 많았다. 시내에 있던 어느 여학교 학생들이 야외 활동을 할 때 제법 큰 불이 근처에서 났다고 한다. 불이 나자 교장 선생인지 교감 선생인지 모르지만 학생을 이끌고 간 선생님이 다급하게 이렇게 소리쳤다. "도스까께! 도스까께!"

"돌격, 돌격" 이렇게 소리쳐야 할 장면에서 무의식중에 일본말이 튀어나와 버렸다는 것이다. "도스까께"라는 일본말이 있는지 그 말이 돌격을 뜻하는지 전혀 알지 못했다. 실제로 그런 일이 있었는지도 확인할 길은 없었다. 그래도 이런 이야기가 떠돈다는 것 자체에 당시 나이 많은 선생들에 대한 학생들의 생각이 녹아들어 있었다. 일제식 교육을 받은 사람들에게 배우고 있다는 깊은 자괴감 같은 것이리라. 그 이야기가 떠돈 뒤에는 불을 끄러갈 때, 대걸레를 치켜올리며 "도스까께! 도스까께!" 외치는 녀석이 있었고 뒤이어 우리도 "도스까께! 도스까께!" 따라 외치며 낄낄거리곤 했다.

키신저하고는 학교 밖에서도 자주 어울렸다. 키신저의 집은 제주도에서 처음 지어진 신시가지의 새 아파트였다. 아버지가 대학교수여서 제법 사는 집이었다. 키신저의 학교 밖 생활은 온통 기타 치고 노래 부르기로 채워졌다. 특히 대학가요제에 나온 노래를 좋아했다. 대학가요제가 열리는 날에는 미리 레코드 가게 아저씨에게 녹음을 부탁했다. 가요제가 끝난 저녁에는 녹음테이프를 받아 밤새 연습하고 그 다음날 우리 앞에서 기타를 치며 노래했다. 그날 부른 노래가 "땅거미 내려 앉아~"로 시작하는 〈꿈의 대화〉였다. 1980년 대학가요제에서 대상을 차지한 바로 그 노래. 그 뒤로도 한참 동안 키신저가 부르는 〈꿈의 대화〉를 몇 번이고 들어야 했다. 키신저의 꿈은 분명했다. 대학가요제에 나가는 것이었다. 대학은 대학가요제에 나가는 수단에 지나지 않았다.

노래 부르는 키신저가 있었다면, 춤 잘 추는 석훈이도 있었다. 석훈이는 키가 크고 하얀 얼굴에 미끈하게 잘생긴 친구였다. 제주시에서 유복한 집에서 곱게 자란 다른 친구들처럼 귀티가 흐른다고 할까. 아무튼 촌스런 구석은 보이지 않았다. 같은 중학교에 다녔지만 같은 반이었던 적이 없어 친하게 지낼 기회는 없었다. 고등학교에 들어와 같은 반이 되면서 단짝처럼 어울렸다.

당시 석훈이는 혼자 지내고 있었다. 다른 식구들은 벌써 서울로 옮겨갔다. 석훈이도 1학년을 마치면 서울로 전학 가게 될 것 같다고 말했다. 혼자 사는 석훈이 집에 뻔질나게 들락거렸다. 남문로터리 근처에 집이 있었는데, 개다리 선생의 집처럼 일제 강점기에 지은 집 같았다. 바로 옆에 국화빵 파는 가게가 있어 지나던 길에 자주 본 집이었다.

안으로 들어가니 개다리 선생 집처럼 긴 복도식 구조는 아니었고, 일반 한옥 같은 구조였다. 응접실 옆에 식당이 있었고, 식당에는 식탁이 놓여 있었다. 식당과 식탁이라니. 우리 집에서는 꿈도 꿀 수 없는 것이었다. 이 식탁에서 라면을 주로 끓여 먹었는데, 식탁

생활을 해서 석훈이 다리가 길어진 것은 아닌가 하는 생각이 들기도 했다.

여름방학 때에는 석훈이 누나를 이 식탁에서 잠깐 본 적도 있었다. 석훈이 누나는 우리들 사이에서 전설로 통하는 유명 인사였다. 당시에 제주에서 남학생들이 서울대에 진학하는 경우는 자주 있었지만, 여학생이 서울대에 들어간 적은 거의 없었다고 했다. 내가 고등학교에 들어가던 1980년에야 여학생 몇 명이 서울대에 합격했다. 그 중에 한 명이 석훈이 누나여서 친구들 사이에 이미 누나의 명성이 자자했다. 방학이라 제주에 내려온 누나를 석훈이 집에서 본 것이다. 내가 상상 속에 그려 보던 대학생 모습만큼이나 멋진 모습이었다. 석훈이처럼 키가 컸다. 하얀 살결에 긴 생머리여서 세련된 느낌이 더했다. 언뜻언뜻 비치는 냉소적인 표정이 서울에서 내려온 대학생 특유의 매력을 보여주는 듯했다. 누나는 우리가 사는 세상과 완전히 다른 세상에서 온 것이 분명했다.

석훈이 집에는 야간자습이 끝난 뒤 저녁에 갔는데 주로 음악을 들으며 놀았다. 음악을 듣는 사이 석훈이 동갑내기 사촌 이야기도 자주 들었다. 석훈이는 사진까지 보여주며 사촌 얘기를 늘어놓았는데, 발랄하고 상쾌하게 웃음 짓는 여학생이었다. 사촌뿐만 아니라 그 주변의 여학생들로 이야기가 번지면 괜히 마음이 싱숭생숭하기도 했다.

라디오에서 주로 팝송을 틀어주는 방송을 자주 들었다. 석훈이는 팝송을 혼자 흥얼거리기를 좋아 했다. 록 밴드 비지스의 가늘고 높은 음을 가성을 섞어 똑같이 흉내 내곤 했다. 노래를 따라 부르며 무의식적으로 몸을 움직이기도 했다. 지금 돌이켜보면 브레이크 댄스 비슷한 춤이었다.

석훈이의 동작은 다른 키 큰 친구들과 확실히 달랐다. 길다란 팔다리가 전혀 어색하지 않고 부드럽게 흐느적거렸다. 가끔 교실에서도 이런 춤을 선보여 친구들의 환호를 받기도 했다.

여름방학 때 학교에서 임해훈련을 간 적이 있다. 곽지해수욕장에 1박 2일로 다녀오는 일정이었다. 초등학교 때 수학여행 이후 처음으로 친구들끼리 하룻밤을 지내는 기회였다. 여름 바다에 해가 지자 모닥불을 피우며 캠프파이어를 시작했다. 키신저의 기타에 맞춰 노래를 부르고 춤을 췄다. 석훈이 춤이 단연 압권이었다. 석훈어의 흐느적거리는 춤 뒤에는 이른바 광란의 밤이 이어졌다. 너도 나도 달려들어 막춤을 추며 밤새 놀았다. 지금 돌이켜보면 어떻게 술도 없이 그렇게 오랫동안 도취의 시간을 보냈는지 놀랍다.

팝송을 주로 들려주던 라디오에서 한국 가요가 자주 나오는 때가 있었다. 〈창밖의 여자〉였다. 애절한 목소리의 조용필 노래였다. 나는 언제 적 조용필이 다시 나왔나 하는 생각이 들었다. 초등학교 6학년 즈음에 나온 〈돌아와요 부산항에〉는 잘 알고 있었지만 대마초 때문에 한동안 볼 수 없던 가수였다. 강렬하게 흐르는 〈창밖의 여자〉를 들으면서 석훈이는 무슨 예언자처럼 "이제 조용필의 시대가 시작되려는가?" 이런 말을 혼잣말처럼 내뱉기도 했다.

키신저가 대학가요제를 꿈꾼 것처럼 석훈이에게도 오래된 꿈이 있었다. 무슨 일이 있어도 자기는 의사가 되어야 한다고 말하곤 했다. 어린 시절부터 품어온 꿈이었다. 의사를 꿈꾸던 석훈이는 11월 쯤이었던가, 1학년이 다 가기 전에 서울로 갔다. 여의도에 있는 학교로 전학을 간다며 떠났다. 서울 부잣집 아이들 사이에서도 꿋꿋하게 학교생활을 잘 헤쳐 나가길 마음속으로 빌었다.

석훈이를 다시 만난 것은 대학생 때였다. 신촌을 급히 지나는 길에 잠깐 마주쳤다. 그때는 내가 워낙 바빠서 긴 얘기를 나눌 새가 없었다. 재수인가 삼수를 한 뒤 의과대학에 들어갔다는 이야기만 들은 뒤 바로 헤어지고 말았다.

그리고 한참 뒤에야 석훈이 소식을 다시 듣게 되었다. 내가 40대였을 것이다. 그 소식을 들을 때 이미 석훈이는 이 세상 사람이 아니었다. 몇 년 전에 돌연사했다는 청천벽력 같은 소식이었다. 의대를 마치고 개업을 하여 한창 의사생활을 하다가 어느 날 자기 병원에서 쓰러졌다는 믿을 수 없는 이야기였다.

　석훈이 생각이 날 때면 별도봉이 떠오른다. 수업이 끝난 토요일 오후면 학교는 정적에 잠겼다. 화북천의 돌다리를 건너 별도봉의 완만한 잔디밭을 오른다. 잔디밭을 조금 오른 뒤 작은 숲길을 따라 오른쪽으로 휘감으며 걸어간다. 얼마 안 가 탁 트인 바다가 펼쳐진다. 왼쪽 아래에는 제주항이 보이고 오른쪽 바로 아래로는 화북포구가 있다. 그 앞에 펼쳐진 망망대해가 시리도록 짙푸르다. 끝없이 푸른 바다를 보며 대학가요제에 나간다거나 의사가 되겠다는 친구들의 꿈을 되새겨 보곤 했다. 내 꿈은? 저기 바다 건너 넓은 육지로 나갈 수 있기만 해도 좋을 것 같았다. 별도봉 시절은 또한 꿈을 꾸던 시절이었다.

도보 훈련

여름휴가 때는 으레 야영을 떠난다. 살짝 들뜬 기분으로 이런저런 계획을 잡고 필요한 물품을 알아보았다. 그동안 야영장비가 꽤 늘어 자동차 지붕 위에 실을 수 있는 카고백이 참 편리하겠다는 생각이 들었다. 슬쩍 지나가는 말로 얘기를 꺼냈더니, 아내는 영 탐탁지 않은 모양이다. "그거 사면 또 짐이 엄청 늘어나게 될 거야." 공간이 늘어나면 거기에 맞춰 물건도 늘어날 것이다. 아무 대꾸도 하지 못했다.

고등학교 다닐 때 라이벌 학교가 있었다. 그 학교에서는 2학년 여름이 되면 제주시에서 제주도 횡단도로를 넘어 서귀포까지 갔다가 제주시로 다시 돌아오는 도보훈련을 하는 것으로 유명했다. 뙤약볕에 그 먼 거리를 걷는 일이 쉽지 않은 만큼, 그 학교 친구들은 도보훈련 얘기를 꺼내며 은근히 자부심을 과시하기도 했다.

우리 학교도 도보훈련을 했다. 같은 횡단도로를 넘어 갔지만, 우리는 1100고지 부근에서 서귀포 쪽으로 가는 것이 아니라 방향을 틀어 어리목 쪽으로 향했다. 어리목 산장에서 하룻밤 자고 백록담까지 등산하는 행사를 쭉 해오고 있었다. 한라산 등산이긴 했지만 이 또한 라이벌 학교의 도보훈련처럼 일종의 군사훈련으로 시작되었을 것이다. 당연히 우리도 교련복을 입고 가야 했다.

잠시나마 공부에서 벗어나는 것만으로도 좋았다. 더군다나 한번도 해본 적이 없는 야영을 하게 되어 들뜬 마음이 며칠째 계속되었다. 조별로 나뉘어 각자 준비할 물품들을 정했다.

내게 맡겨진 것은 버너였다. 당연히 집에는 버너가 없었다. 버너를 사가야 한다는 내 말에 아버지는 한참 동안 난감한 표정을 지으시더니 겨우 승낙하셨다. 그 당시 버너의 가격이 만만치 않았을 뿐 아니라 이번에 쓰고 나면 다시는 쓸 일이 영영 없으리라 생각하셨을 것이 틀림없다. 처음 황금빛 버너를 받아들었을 때 덜컥 겁이 날 지경이었다. 이렇게 비싸고 좋은 물건을 내가 써도 될까?

그런데 떠나기 며칠 전 조별로 석유풍로를 꼭 가져가야 한다는 지시가 내려왔다. 한 조에 열 명쯤이었으니 그 식구를 다 먹일 밥을 하려면 석유풍로가 꼭 필요하다는 판단에서 내려진 지시였다. 나는 투덜거리며 석유풍로에 석유를 가득 넣고 출발했다. 당시 배낭은 헐렁하고 얇은 천으로 만든 것이라 안에 크고 딱딱한 물건이라도 넣으면 그 느낌이 바로 등에 전해졌다. 원통형으로 생긴 커다란 석유풍로가 배낭에 들어갔으니 배낭을 메자마자 둥그런 테두리의 느낌이 등에 고스란히 전해졌다.

보통 한라산 등산은 해발 1100미터 근처의 어리목이나 영실까지 차를 타고 가서 거기서부터 시작한다. 우리는 차를 전혀 타지 않고 제주시에서 출발했다. 해발 0미터 가까이에서 출발하는 것이나 다름없었다. 한여름의 뙤약볕 아래, 가도 가도 팍팍한 아스팔트 오르막길이었다. 더군다나 배낭에는 커다란 석유풍로가 들어 있었다. 둥근 테두리가 처음에는 살짝 놀리듯이 등뼈를 눌렀다. 기분이 개운치는 않았지만 견딜 만했다. 하지만 끝없는 오르막이 이어지면서 둥근 테두리는 점점 가늘어지고 등을 마구 찔러대는 놈으로 바뀌어 갔다. 등짝 때문에 몇 번이고 배낭을 내동댕이치고 싶었다.

힘겹게 어리목 야영장에 도착하여, 언제 그랬냐는 듯 친구들과 와자지껄하게 떠들며 밥을 해먹고 등이 배기는 줄도 모르고 잠이 들었다. 다음날, 어리목에서 윗세오름 쪽으로 오르는 코스도 끝없는 오르막이었다. 또 전날처럼 석유풍로의 둥근 테두리가 등뼈를 집요하게 괴롭혔다. 배낭을 어떻게 고쳐 메도 편해지지 않았다. 뜨거운 아스팔트길이 아니고 숲길이라 그나마 다행이었다. 숲에서 뿜어 나오는 시원한 기운에 힘을 얻었다.

끝날 것 같지 않은 오르막이 끝나고 능선에 오르자 커다란 계곡들이 바로 발 아래로 펼쳐졌다. 난생 처음 보는 거대한 모습이라 한편으로 순간 오싹하기도 했다. 이것이 책에서만 보던 경외스러운 마음인가? 제주시까지 이어지는 계곡을 굽어보며 또 피하기도 하며 정상까지 올랐다.

백록담 물이 적어서 조금 실망스럽긴 했지만, 정상에 서자 그동안 겪은 모든 어려움이 사라졌다. 등뼈를 성가시게 누르던 석유풍로의 테두리도 생각나지 않았다. 뜨거운 아스팔트길도, 팍팍한 오르막길도 떠오르지 않았다. 그날은 정말 날씨가 좋았다. 계곡 아래로 제주시까지 모두 보였다. 제주시 건너 바다까지도 보였다. 태어나 처음으로 본 장쾌한 풍경이었다.

하산길에 오르자 테두리의 집요한 괴롭힘이 다시 시작되었다. 거기에다 등이 점점 축축해졌다. 무슨 냄새도 나는 듯했다. 땀으로 축축해진 것이겠거니 하며 그냥 내려왔다. 사실 너무 피곤한 이틀을 지내 무슨 일인지 살펴볼 마음의 여유도 없었다.

등산을 마치고 집에 돌아와 배낭을 살펴보았다. 축축이 젖어 있었다. 배낭을 열어보니 담요도 옷가지도 모두 젖어 있었다. 풍로에서 조금씩 흘러나온 석유 때문이었다. 새로 산 석유 버너는 그때도 그 이후로도 한번도 써보지 못했다.

대학에 와서도 훈련은 계속되었다. 1980년 광주 민주화운동이 끝난 지 얼마 안 되었을 때, 전경들이 학생인 것처럼 강의실과 캠퍼스 곳곳을 누비고 다녔다. 학생들은 물론이고 교수들까지 감시한다는 얘기가 공공연히 떠돌았다. 나는 당연히 지하서클에 가입했다. 새로운 세계에 눈뜨며 시위와 술과 책으로 1학기를 마치고 여름방학이 되자 월출산으로 떠났다. 마운틴 트레이닝. 행사를 기획한 선배는 그렇게 이름 붙였다.

월출산 등산이 주된 계획이었지만, 나주에서부터 월출산까지 걸어가는 일정도 포함되어 있었다. 평지라 힘이 덜 들긴 했지만, 한여름 아스팔트는 역시 뜨거웠다. 뙤약볕에다 지나가는 차가 내뿜는 매연을 마시며 걷는 길은 고통스러웠다. 한번도 이런 길을 걸어보지 않은 사람이 세운 계획이 분명하다는 생각이 들었다. 그렇게 국도를 따라 몇 시간째 걷다가 도저히 월출산까지 국도로 걸어가는 일이 무리임을 깨달은 선배들이 행군을 중단했다. 중간에 버스를 타고 월출산 입구까지 갔다.

월출산 입구에 도착해 야영을 했다. 텐트를 치고 나서 선배들이 텐트 주위로 백반을 뿌렸다. 뱀을 막는 특효약이라고 했다. 그래서 그랬을까? 다음날까지 우리 일행은 무사했다. 잠을 자는데, 새벽에 부산한 소리가 들리는 듯했다. 도보 훈련에 워낙 지쳐서인지 그대로 잠을 잤다. 아침에 일어났더니 옆 텐트에 뱀이 들어왔다고 했다. 뱀에 물려 급히 떠나느라 부산한 소리가 들린 것이다.

아침에 맞이한 계곡의 바람이 시원했다. 월출산 정상을 향해 출발했다. 선배 말로는 중간에 샘물이 있다고 했다. 그런데 가도 가도 샘물은 나오지 않았다. 알고 보니 월출산에 실제로 와본 선배는 없었다. 사전답사를 하지 않고 지도만 보고 샘물이 있다고 한 것이다.

서클을 만드는 것도 불법이었고, 그런 서클 이름으로 모이는 것도 불법이던 시절이었다. 되도록 서울에서 멀리 떨어진 곳에서 모임을 해야 안전하다고 생각하던 때이기도 했다. 서울에는 감시하는 눈이 너무 많았기 때문이다. 그러니 미처 사전답사를 하지는 않았지만, 서울에서 멀리 떨어져 안전하기도 하고 그러면서도 유명한 산이라 월출산을 마운틴 트레이닝 장소로 정했을 것이다.

안 그래도 쉽지 않은 산길인데, 올라갈수록 점점 힘들어졌다. 야영장 옆 계곡에 흐르던 물을 왜 챙겨오지 못했던가. 20~30명에 이르는 일행이 물이 없어 큰 사고가 날지도 모르는 아찔한 순간이었다. 갈증 속에서도 어떻게든 정상에 올랐다. 우리 일행 말고는 아저씨들 서너 명밖에 없었다. 여학생 친구가 수완 좋게 사과 두 개를 얻어와 한 쪽씩 나눠 먹었다. 더위와 갈증이 확 가셨다. 사과가 이렇게 달고 맛있었던가.

정상에서 내려오며 선배들이 물 있는 곳을 열심히 찾았다. 다행히 정상 아래 쪽에서 폐사지를 찾아냈다. 물도 있었다. 풀이 무성한 그곳에서 무사히 야영을 할 수 있었다. 폭신한 땅이라 지난밤보다 등이 배기지 않았다.

그 뒤 2학년, 3학년 여름방학에도 마운틴 트레이닝은 계속되었다. 힘겨운 대학생활의 청량제 같은 것이었다. 졸업 뒤에도 여름이면 배낭을 메고 기차를 타고 버스를 몇 번씩 갈아타면서 여러 산을 돌아다녔다. 지리산, 오대산, 설악산, 월악산, 덕유산 등등.

오륙 년 전에는 어린이집을 같이 하던 서너 집이 아이들과 함께 지리산으로 야영을 갔다. 떠나기 며칠 전, "타프 있어요? 비가 온다는데, 타프 있어야 될 것 같아요. 사올 수 있으면 사오세요." 수제 기타를 만드는 아빠의 전화였다. 타프가 뭐지? 찾아보니 무슨 천막 같은 것이었다. 삼사십만 원이나 하는 물건을 선뜻 살 수는 없었다.

지리산 백무동 계곡에 도착해보니, 예전에 몇 번 와본 곳이지만 과연 깊고 웅장한 계곡이 지리산다웠다. 야영만을 위해 지리산에 온다는 생각을 전혀 해보지 않은 내게는 일종의 전환점처럼 느껴졌다. 으레 산에 가면 정상에 올라야 한다. 야영은 그것을 위한 과정이다. 이런 생각도 편견임을 깨달았다.

수제 기타를 만드는 손솜씨답게 그 아빠는 능숙하게 타프를 쳤다. 타프는 하늘다람쥐가 하늘을 나는 것처럼 날렵하고 맵시 있게 자리를 잡았다. 두툼하게 겹쳐진 알루미늄 판을 병풍처럼 펼치니 테이블이 되었다. 돗자리에서 밥해 먹던 시절은 이제 옛말이 되었다. 타프 아래 테이블과 의자를 펴고 편안한 입식생활을 즐길 수 있게 되었다. 비가 와도 끄떡없었다. 아니, 비가 오니 더 좋았다. 타프 아래 의자에 앉아 후둑후둑 비 긋는 소리를 듣기만 해도 온갖 시름이 잊히는 듯했다. 야영장 곳곳에 침실과 거실이 분리된 커다란 텐트들이 자리를 차지하고, 색과 디자인을 그에 맞춘 타프들이 즐비하게 서 있었다. 장비 전시장 같은 풍경이었다. 그렇게 야영장은 완전히 바뀌어 있었다.

그 뒤 10년도 더 된 텐트 대신에 새로운 텐트를 사고 타프도 마련했다. 테이블과 의자, 가스 랜턴, 숯불구이용 미니그릴 따위도 사들였다. 야영을 갈 때마다 조금씩 품목이 늘었다. 우리가 쓰는 도구들의 목록 수를 잣대로 문명의 발전 정도를 가늠하는 경제학자가 있다. 당연히 현대로 올수록 목록 수가 엄청난 속도로 늘어난다.

 거꾸로 가기는 늘 어려운 법이다. 새로운 물건을 사서 야영장에서 써보면 때로는 편리함, 때로는 멋들어진 디자인에 쉽게 반하기도 한다. 그러니 자꾸 새로운 물건에 눈길이 간다. 접었다 펼치면 자동으로 공기가 들어가 에어매트리스가 되는 놈도 사고 싶다. 전기담요도 있으면 요긴할 것 같다. 유명한 휘발유 랜턴의 샛노란 불빛과 휘발유 타들어가는 소리에 매료된 이들도 많다고 한다. 수십만 원에 이르는 그릇이나 오븐에 매료된 이들도 많다. 결국 캠핑의 종착역은 캠핑카라는 말이 맞을지도 모르겠다.

 이렇게 몇 년 동안 캠핑을 하다 보니 어느 순간, 뭔가 일이 뒤바뀐 것 같았다. 물론 캠핑 자체는 분명 즐거운 일이었다. 자연을 가장 가까이 하며 잠을 자는 것도 좋았다. 그런데 원래 산에 오르는 것이 목적이 아니었나 하는 생각이 들었다. 물론 지리산 백무동 계곡에서 야영만 해도 좋은 일이다. 하지만 야영을 핑계로 지리산 천왕봉까지 오르는 일을 애써 피해온 것이 아닌가?

 그 뒤로 다시 산을 오르고 있다. 먼 데 있는 산도 좋고 가까이 있는 산도 좋다. 이름난 산도 좋고 이름 없는 산도 좋다. 이번 주말에도 산에 오를 것이다.

막걸리집

서울의 공기는 너무도 달랐다. 제주를 출발해 한 시간 만에 휙 하고 날아왔을 뿐인데 이렇게 다를 줄은 몰랐다. 바람 한 점 없이 맑은 날이었는데, 김포공항에 비행기가 내리고 트랩에서 내려오는 순간 추위가 온몸을 파고들었다. 살을 에는 추위가 무슨 뜻인지 그때 처음 알게 되었다. 1983년 1월 4일쯤이었을 것이다.

낯선 것은 매서운 추위만이 아니었다. 버스 한번 타는 것도 쉬운 일이 아니었다. 노량진 역 앞에서 학교 가는 버스를 갈아타면 된다고 해서 140번 버스의 행선지를 확인하고 올라탔는데 가도 가도 목적지는 나오지 않는 듯했다. 건너편에서 다른 노선의 버스를 타야 하는데, 흑석동과 사당동을 크게 돌아가는 버스를 탄 것이다. 더구나 길 한가운데는 차가 못 다니도록 막혀 있었고, 철판이 깔려 있는 좁다란 길로 덜컹거리며 지나갔다. 나중에 보니 서울 전체가 거대한 공사장 같았다. 곳곳에 지하철 공사를 하느라 버스를 타고 다니는 일은 비포장도로를 달리는 것만큼이나 짜증스러운 일이었다.

관악산의 추위는 더 심했다. 곳곳에 모습을 드러낸 차가운 바위가 추위를 더했다. 면접하는 날, 강의실에서 대기하는데 내 자리 바로 옆에 올록볼록 근육이 잡힌 것 같은 회색 쇳덩이가 있었다. 뜨거운 열기를 품어내 숨이 막힐 지경이었다. 난방용 스팀이었다. 살을 에는 듯한 바깥, 숨 막힐 듯 뜨거운 강의실. 안과 밖이 너무도 다른 풍경이었다.

한 시간 만에 휙 왔다고 해서 서울 오는 길이 순탄한 것은 아니었다. 아들놈이 처음 서울 간다고 아버지는 택시를 잡아타셨다. 제주 공항에 도착해 만 원짜리를 운전수에게 건넸는데, 운전수는 거스름돈을 챙기느라 한참을 미적댔다. 요금은 아마 천 몇백 원이었을 것이다. 뒷자리에 앉아 있던 아버지는 "잔돈은 되수다." 하며 먼저 내리셨다. 그 말에 운전수는 "아이고, 고맙수다." 하며 거스름돈 챙기는 일을 그만두고 출발하려고 했다. 얼떨결에 조수석에 앉아 있던 나도 그냥 내려버렸다. 당연히 백 원짜리 거스름돈은 안 받을 테니

천 원짜리 거스름돈만 챙기라는 말임을 알 수 있었지만, 나는 어이 없는 짓을 하고 만 것이었다.

이럴 때 제주에서는 "이런, 분시 모르는 놈!"이라고 한다. 오정개 바닷가에서 문어를 놓쳤을 때도 사촌누나는 나에게 "분시 모르는 놈!"이라고 했다. 아버지는 빈손으로 택시를 보내 버린 나를 잠시 난감하다는 표정으로 쳐다볼 뿐 "이런, 분시 모르는 놈!" 같은 말은 하지 않으셨다.

이것만이 아니었다. 중요한 서류를 챙기지 못해 집에 두고 온 것을 서울에 와서야 알게 되었다. 우편으로 보내서는 시간을 맞출 수 없었다. 아버지는 다음날 제주공항에 나가 서울로 오는 사람에게 서류를 부탁했다. 나는 다시 김포공항에 나가 그 서류를 받아와야 했다. 물론 이 일을 두고도 아버지는 별 말씀이 없으셨다. 몇 달 전만 해도 "정신을 어디 팔고 다니냐"며 일장 훈시를 하셨을 텐데. 돌이켜보면, 그때 이미 아버지는 아들을 품 밖으로 보낼 마음의 준비를 다 해두셨던 것 같기도 하다.

서울에서 내가 갈 수 있는 데라고 해봐야 교보문고, 종로서적이 있는 시내 중심가밖에 없었지만, 뻔질나게 싸돌아다니는 동안 합격자 발표가 있다고 했다. 예정일보다 하루 이틀 이른 날이었다. 서둘러 학교로 가보니 대운동장에 인문대 국문과부터 합격자 명단이 내걸려 있었다. 이미 합격을 확인한 제주 친구들이 떠들썩하게 웃으며 모여 있었다. 선배들도 와 있었다. 고등학교 때 본 모습과는 너무도 달라져 있었다. 근엄한 얼굴로 우리 반에 들어와 일장 훈시를 하고 기합을 주던 모습은 찾아볼 수 없었다. 언제나 진지하게 공부에만 몰두할 것 같은 딱딱한 표정도 없었다. 오히려 우리보다 선배들이 더 합격을 기뻐하는 것처럼 보였다.

우리는 선배들을 따라 학교 앞 막걸리 집으로 갔다. 아마 '녹두집'이었을 것이다. 그때는 이 녹두집에서 매일같이 술을 마시며 울고 웃고 좌절하고 분노하게 될 줄은 몰랐다. 지하 술집으로 내려가는 좁은 계단에 들어서는 순간, 고약한 음식이 썩는 듯한 냄새가 확 당겨왔다. 몇 년을 절고 절은 막걸리 냄새였다. 들어가니 가운데 넓은 홀이 있고 양옆으로 크고 작은 방들이 있었다. 원목으로 된 두툼한 탁자는 모서리가 모조리 닳아 있었다. 그 이유는 잠시 뒤에 알 수 있었다. 난생 처음 와보는 막걸리 집이었다.

그날 처음 술을 마셔본 것은 아니었다. 고3 때, 친구와 둘이서 성당 구석방에서 진로 포도주를 마셔 보았다. 달달한 맛이 봉봉 주스보다 맛이 좋았다. 술이 그렇게 빨리 취하는 것인지도 그때 알았다.

막걸리는 고3 소풍 때 마셔 보았다. 친구가 막걸리 한 말이 들어가는 큰 통 두 개를 끙끙거리며 들고 올라왔다. 한 잔씩 나눠 마시는 동안, "막걸리는 그렇게 홀짝홀짝 마시는 게 아니지." 하며 큰 막걸리 통을 통째 들고는 "나는 임꺽정이다." 하면서 벌컥벌컥 마시는 호기도 부려 보았다. 그런데 정작 대여섯 모금 이상은 마시기 어려웠다.

물론 소주도 마셔 보았다. 고3 여름 어느 날, 교실에서였다. 박쥐가 날아 들어와 한바탕 소란을 피우고 나간 날이었다. 많은 친구들이 야간 자습실로 가고 교실에 네댓 명만 남아 있었다. 한 친구가 소주 한 병에 과자 몇 봉지를 사들고 들어왔다. 혹시 들킬까 봐 책상을 사방으로 물려 방패막이 삼고 바닥에 쪼그려 앉아 몇 잔 마시고 있는데, 야간자습을 감독하는 선생님이 교실로 들어왔다. 내 딴에는 선수를 친답시고 과자봉지를 들고 선생님 앞으로 잽싸게 뛰어갔다. 머리로는 '과자 좀 드셔 보십시오.' 하는 말을 생각했지만, 정작 튀어나온 말은 "선생님, 이거 좀 마셔 보십시오."였다. 얼굴은 이미 발그레해졌고 혀도 조금 꼬였을 것이다. 냄새도 솔솔 났을 것이다. 선생님은 대번에 아셨겠지만, 어이없다는 표정을 잠깐 짓고는 "열심히 해라" 하며 그냥 나가셨다.

오십 명 가까운 우리 일행은 큰 방에 자리를 잡았다. 막걸리가 나오고, 선배들이 한 사람씩 일어나 한 마디씩 했다. 자세한 내용은 이제 다 잊었지만, 선배들 얘기를 들으며 대학생활이 순탄치만은 않으리라 예감할 수 있었다. 그래도 그날의 분위기를 표현할 수 있는 말은 이것이다. "오늘 같은 날, 신나게 마셔야지!" 그렇게 신나게 마시고 또 마셨다.

물론 술만 마신 것은 아니었다. 노래를 부르기 시작하면 다들 숟가락을 쳐들고 탁자가 부서져라 힘껏 두들기며 함께 노래를 불렀다. "관악산 올라갈 때, 오빠 동생 하더니~ 관악산 내려올 땐 여보 당신 하더라." 같은 노래부터 시작해서 생전 듣도 보도 못한 노래를 신나게도 불러댔다. "삼천만 잠 들었을 때, 우리는 깨어~"로 시작하는 농민가도 그날 배웠다. 그 노래를 수도 없이 부르게 될 줄은 그때는 알지 못했다.

한참을 마시고 나왔는데도 날은 아직 어두워지지 않았다. 그런데 한 친구가 퍽 하며 고꾸라졌다. 조금 까칠하긴 하지만, 어릴 때부터 공부 잘하고 곱게 자란 범생이 친구였다. 술을 많이 마신 탓도 있었지만, 갑자기 차가운 바람을 쐬어 정신을 잃었는지도 모르겠다. 생각해 보면, 생전 처음 그렇게 술을 먹어댔으니 그 친구 하나만 기절했다는 게 오히려 기적 같은 일로 여겨진다. 기절한 친구를 선배 방으로 옮겨놓은 후로도 술을 향한 순례는 밤늦도록 이어졌다. 기절하지 않고 버틴 그 추운 겨울날과 함께 나의 20대가 시작되었다.

166

두 번의 선물

대학에 입학했을 때 제주 출신들이 모이는 제주 향우회가 있었다. 어느 고등학교를 나왔는지 가리지 않고 제주 출신들이 만나는 모임이었다. 선후배들이 모여 진한 사투리를 섞어가며 한바탕 놀 수 있는 향우회 모임은 힘든 대학생활의 작은 기쁨이었다. 추석 같은 명절에도 고향에 가기 쉽지 않아 향우회 친구들끼리 학교 잔디밭에 모여 놀곤 했다. 무엇보다 아내를 만나 친해지게 된 모임이기도 하니 내겐 더 특별한 의미가 있었다.

동창회나 향우회라고 하면 자연스럽게 만들어졌으려니 생각하기 마련인데, 뜻밖에도 제주 향우회가 만들어진 데에는 특별한 계기가 있었다. 처음 향우회 모임에 갔을 때, 한 선배는 남영호가 침몰한 사건을 계기로 향우회가 만들어졌다고 했다. 당시에 보상금을 지급하는데, 본토 사람과 제주 사람에 차등을 두었다는 것이다. 이런 울분 때문에 만들어진 모임이라는 참으로 믿을 수 없는 얘기였다.

얼마 전 인터넷을 검색해 보니, 남영호 침몰사건은 우리나라에서 일어난 최악의 해난 사고로 기록되어 있었다. 사망·실종자가 319명부터 323명, 326명까지 여러 가지 기록이 있었는데, 희생자가 300명이 넘는 참혹한 비극이었다. (이 글을 처음 쓴 것은 2013년 8월이다. 그때나 지금이나 남영호 사고는 최악의 해상 참사로 기록되어 있다. 2014년 4월 16일에 일어난 세월호 참사의 희생자는 304명이다.)

보상 문제에서 제주 사람을 차별했는지는 확인할 수 없었다. 1970년 12월 28일자 경향신문에 희생자 1명 당 69만 3천원씩 보상했다는 기사가 실려 있다. 이 금액이 어느 정도인지 알 수 없으나 같은 날 실린 광고를 보니 명보극장의 관람료가 300원이다. 선주의 재산을 처분해 보상금을 지급한 것이 아니고 보사부와 중앙재해대책본부, 한국해운조합 등에서 마련한 돈으로 지급한 것이다. 일부 유족은 보상금이 적다고 수령을 거부했다는 내용도 실려 있다.

그런데 내 눈에 띄는 기사가 하나 있었다. 제주 출신 서울대학생 삼십여 명이 남영호 침몰사고가 있은 지 보름 정도 지난 1970년 12월 30일에 법대 교정에 모여 진상 규명과 책임자 처벌, 정당한 보상을 요구하는 성명서를 발표했다는 기사였다.

사실 남영호 침몰사건은 어처구니없는 사건이었다. 정원을 초과해 승객을 태운 것은 물론이고 실을 수 있는 화물의 네 배나 되는 화물을 실은 채 부산으로 떠났다. 당시는 감귤 철이었는데, 서귀포에서 출발할 때부터 감당하기 힘든 양의 감귤을 무리하게 싣고 운항을 시작한 것이다. 구조된 사람도 12명 또는 15명밖에 되지 않았다. 근처를 지나던 어선과 일본 순시선이 구조한 사람들이었다. 희생자 숫자나 구조자 숫자가 지금도 엇갈리는 데서 알 수 있듯이 승선 인원조차 정확히 파악하지 않은 채 운항했고, 구조 작업은 없는 것이나 마찬가지였다. 이런 사정을 안 사람들은 분통이 터졌을 것이다. 특히나 희생자가 많이 나온 제주 사람들 심정은 비통하기가 말이 아니었을 것이다.

제주 사람들에게 보상금을 차등 지급한 일이 실제로 없었다고 해도, 제주 출신 학생들이 울분을 터트리는 것도 당연해 보인다. 그래서 제주 출신 서울대 학생들이 집회를 하게 되었고, 이 일이 계기가 되어 제주 출신 서울대 학생들이 제주 향우회를 결성하게 된 듯하다.

남영호 침몰사고가 얼마나 큰 비극인지는 한동안 알지 못했지만, 나는 남영호가 출항하던 바로 그날을 뚜렷이 기억한다. 초등학교에 들어가기 전 해, 벽장에 잔뜩 넣어둔 고구마에서 퀴퀴한 냄새가 막 나기 시작하는 초겨울 어느 날이었을 것이다. 서귀포항을 출발해 성산포항에 들렀다가 부산까지 향하는 남영호는 성산포 사람들이 육지에 갈 수 있는 긴요한 배편이었다. 부산을 오가던 우리 가족도 이 배편을 주로 이용했고, 아주 어릴 적이어서 기억이 가물가물하긴 하지만 나도 여러 번 타본 적이 있는 배였다.

당시 아버지는 소금공장 사업을 준비하느라 부산이며 제주시에 자주 나다니셨다. 전날 저녁 무렵 아버지는 낡은 여행가방을 들고 성산포항으로 떠나셨다. 아버지도 안 계시니 신난다 생각하며 친구 집에서 한참을 놀다 밤늦게 집으로 돌아와 보니 낡은 가방을 옆에 두고 아버지가 앉아 계셨다. 조금은 낙담한 듯한 표정이 엿보이기도 했다. 알고 보니 동업하는 친구분이 대신 부산으로 가겠다며 남영호에 탔다고 했다. 부산에 가족들이 살고 있던 분이셨다.

다음날 아침, "니네 아방 큰일 날 뻔했져." 하며 같이 살던 이모가 잔뜩 흥분하며 말했다. "아이고, 배에 탄 사람덜 오꼿 다 죽어 부러신예." 남영호에 탄 사람들 모두가 죽었다고 아이고 아이고 애통해 하는 한편, 너희 아버지가 배에 타지 않은 게 얼마나 천만다행한 일인지 모른다며 이모는 쉴 새 없이 말을 이었다. 이모의 말을 듣고 놀라면서도 다행이다 하고 가슴 한켠을 쓸어내렸다.

부산에서 성산포로 이사와 보니 영장(靈葬) 치르는 일이 흔했다. 얼마 전에 돌아가신 외할머니처럼 나이 드신 분만이 아니다. 아버지가 갑장이라고 부르던 두 분이 돌아가시기도 했고, 아버지의 사촌형님도 그 즈음 돌아가셨다. 오촌아저씨 영장 나갈 때, 누런 베옷을 입고 울먹이던 친척 형의 슬픈 모습이 떠올랐다. 아버지 없이 살아가야 하는 것이 얼마나 힘겨운 일인지 그 어린 나이에도 어렴풋이 알 수 있었다. 그런데 정작 아버지 어머니는 그날 아무 말씀이 없으셨다. 안도와 슬픔이 오가는 처지에서 무슨 말을 할 수 있었을까 싶기도 하다.

큰 고비를 넘겨서 그랬는지 소금공장 사업은 접었지만, 아버지께서 제주시에 취직이 되었다. 형도 제주시 고등학교에 입학했다. 온 가족이 제주시로 옮겨갔다. 제주시에 가서도 어머니는 물질을 계속했다. 지금 돌아보면 놀라운 일인데, 빈털터리로 제주시로 옮겨간 뒤 몇 년 만에 집도 장만했다.

탑동에서 가까운 무근성에 있는 초가집이었다. 초가집이긴 했지만 꽤 넓은 집이었다. 건물은 안거리(안채), 밧거리(바깥채), 모커리(곁채) 해서 모두 세 채였다. 작은 텃밭에다 돼지를 기를 수 있는 통시도 있었다. 제주에서 흔히 볼 수 있는 구조의 초가집이었다. 아마 내가 초등학교 5학년 때였을 것이다. 우리들이 잠자리에 든 사이에 소곤소곤 의논하시던 어머니 아버지 모습이 떠오른다. 빠듯한 돈으로 어떻게 집을 살지 의논하시던 그 밤을 잊을 수 없다. 새 집에 이사한 즈음의 어머니 모습도 떠오른다. 물질에 집안일에 쉴 새 없이 몸을 놀리셨지만 어머니는 자주 미소를 지으셨다.

새집을 마련하면서 우리 가족은 처음으로 순탄한 생활을 이어갔다. 서울에서 대학을 다니던 형은 졸업하자마자 결혼도 하였다. 나도 곧 대학에 들어가며 서울로 옮겨가게 되었다. 그땐 어머니 아버지의 앞길에 무슨 큰일이 닥치리라 생각지도 못했다. 대학 4학년 즈음에 느닷없는 소식이 전해졌다. 부모님이 다시 제주도를 떠나게 되었다는 것이다. 어머니 사촌동생이 성산포에서 어묵공장을 한다며 큰돈을 투자했다. 제법 재산이 있는 집이라 큰 식당을 하고 있었고, 이런저런 작은 사업을 하다가 큰 투자를 한 것이다. 이때 아버지가 외삼촌의 연대보증을 섰다. 외삼촌이 파산하고 우리 집도 전재산을 잃었다.

제주를 떠난 부모님은 다시 어머니의 물질에 기대야 했다. 거제도로 사량도로 아는 분들이 정착한 곳으로 옮겨 다니며 어머니가 물질을 했다. 다행히 형이 상계동에 사둔 아파트가 있어 아버지와 동생들은 잠시 그곳에 살았다.

어느 날 상계동 집에 갔더니, 웬 낯선 이가 놀러와 있었다. 바로 아래 남동생 나이쯤 되어 보였다. 사량도에서 우리 가족을 많이 도와준 분의 아들이라고 했다. 앞으로 동생처럼 대해주라고 아버지가 당부했다. 그 후배는 홀어머니 아래 외아들로 자랐다. 아버지는 평소에 살가운 편이 아니었지만, 그 후배를 남달리 각별하게 대하는 듯했다. 키는 작지만 섬에서 온 아이답지 않게 피부가 뽀얗고 곱상하게 생겼다. 말투도 사근사근 부드러웠다.

그러나 첫 만남부터 삐거덕거렸다. 시를 쓴다고 했다. 시를 쓴다고? 시라면 박노해와 김남주 외에는 거들떠보지도 않던 시절이었다. 그런데 얼마 뒤, "박노해 본명이 박기평이라데예." 하며 말을 건네왔다. 어, 박노해를 알아? 또 얼마 뒤에는 황급히 집으로 들어오며 "박노해가 잡혔다 하네예." 하며 신문을 펼쳐 보였다. 사노맹이 끝장나게 생겼는데 그런 호들갑이 반가울 리가 없었다.

당시 사노맹 핵심에 대학 때 서클 선배들이 많이 있었고, 사노맹에 깊숙이 관여하던 친구들도 많았다. 나 자신도 사회운동에 어떻게 참여할까 고민이 많던 때라 사노맹 일을 나와 무관한 일로 생각하지도 않았다. 그러니 사노맹 사정을 잘 모르는 일반인이 박기평을 거론하며 사노맹 일을 입에 올리는 것이 영 탐탁지 않았다. 이런 내 마음을 알 수 없던 후배는 나름대로 나와 공감할 수 있는 화제로 생각해 신문을 펼쳐 보였을 것이다. 그렇게 후배가 살갑게 다가왔지만, 꽉 막힌 내 마음은 이런 알량한 우월감으로 번번이 대화를 가로막았다.

어머니가 여전히 물질을 하고 있던 사량도에 간 적이 있다. 저녁노을이 질 즈음의 사량도에서 물결 소리만 찰랑거리는 바닷가를 둘이서만 걸을 때에도 마음을 내놓지 못했다. 후배가 썼다는 시도 읽어 보고, 나름대로 논평도 해보았더라면. 좋아하는 시인이나 작가에 대해 서로 이야기를 이어갔더라면. 아니, 그 흔한 연애 이야기라도 나눌 수 있었더라면…….

후배가 인쇄 기획사를 차린다고 했다. 서울에 연고 하나 없이 기획사를 차린다고? 종로인가 서울 시내에 있던 허름한 사무실에 가보니 결혼할 여자친구가 있었고, 책상 두어 개, 그리고 커다란 덩치의 전산 사식기 한 대가 덜렁 서 있을 뿐이었다. 여자친구와 함께 일을 꾸려나갈 계획인 것 같았다. 전산 사식기 사업이 성업을 이루던 때이기는 했지만, 조금만 생각해보면 그리 유망한 사업이 아니라는 것을 알 수 있었다. 머지않아 개인용 컴퓨터로 조판 작업을 하는 것이 대세가 될 테니까.

'워드프로세서'라는 기계가 처음 나왔을 때 각광을 받으며 타자기를 몰아냈지만 이내 개인용 컴퓨터에 자리를 내주던 시절이었다.

이런 문제에 대해 나는 몇 마디 조언을 해줄 수 있었다. 하지만 끝내 하지 못했다. 내가 아는 인맥을 동원해 일거리를 연결해 주는 일도 하지 못했다. 얼마 뒤 사업을 접고 지방으로 갔다는 소식을 전해 들었다.

그리고 한참 뒤, 지역의 문학 동호인들이 내는 잡지를 받아 보았다. 후배가 보낸 잡지였다. 후배의 시가 실렸던 것 같은데 지금은 아무 기억도 나지 않는다. 그것이 마지막이었다.

그 뒤로도 한참을 지나서야 아버지의 말씀을 듣게 되었다. "가이 아방이 남영호 때 죽어 부러신예." 아버지 대신 남영호에 올랐던 분의 아들이었다니. 내가 사람을 대하는 데 편협함이 조금이나마 덜어졌다면, 그건 그날 이후의 일일 것이다.

단비 맞이

처음 서울에 올라왔을 때, 눈 오는 날 사람들이 우산을 펼쳐들고 다니는 모습이 참 낯설어 보였다. 제주도에도 눈은 자주 내렸는데 쌓일 새 없이 땅에 닿자마자 녹아버렸다. 게다가 바람이 몹시 거세게 불기도 해서 우산이 별 소용이 없었다. 일 년에 한두 번 정도는 제법 쌓일 정도로 눈이 내렸지만, 대개는 바람 없는 날 소리 없이 밤손님처럼 찾아왔다. 아침에 눈을 뜨면 이미 온 세상이 하얗게 바뀌어 있었다. 소복소복 내리는 눈을 실컷 맞아볼 기회는 좀처럼 주어지지 않았다.

서울의 추위 또한 낯설기는 마찬가지였다. 바람도 없는데 찬 기운이 파고들어 몸이 금세 얼어붙는 일이 많았다. 서울의 겨울 추위는 그렇게 매서웠지만 그래도 눈이 내려 견딜 만했다. 한창 연애할 때, 눈이 내리면 둘이서 무작정 눈을 맞으며 걷곤 했다. 하루는 교문 앞에서 만났는데 때맞춰 눈이 내리기 시작했다. 펄펄 내리는 눈을 보며 좋아라 깡총거리는 강아지처럼 두 사람의 마음은 마냥 들떴다. 버스를 탈 생각도 없이 신림동 쪽으로 무작정 걸었다. 술집들이 몰려 있는 신림동 녹두거리를 지나치고 미림여고 올라가는 입구도 지나치며 신림 사거리까지 펄펄 내리는 눈을 맞으며 마냥 걸었다.

산 위에 다닥다닥 들어선 판잣집에도 눈이 소복이 쌓였다. 천진한 아이처럼 웃고 떠들며 걷는 동안 쌓이는 눈처럼 사랑이 쌓이는 것 같았다. 눈썹이 하얗게 되도록 걸은 뒤 뜨거운 청주 한 잔이면 온몸이 따뜻해졌다.

아이가 혼자 걸어서 산책을 나갈 수 있을 때 즈음, 한 가지 난감한 일이 벌어지곤 한다. 물웅덩이를 보면 쪼르르 달려가 조막만 한 발로 첨벙거린다. 그냥 놔둘 수도, 말릴 수도 없다. 옷이야 젖든 말든 아이는 더 신나게 첨벙거린다. 마냥 신이 난 아이를 걱정스레 바라보는 나는 어른이 된 지 한참이나 지나 있었다.

어렸을 때 오랜 가뭄 끝에 단비라도 내리면 동네 아이들은 너나 없이 속옷 바람으로 밖으로 뛰어나갔다. 알몸인 꼬맹이도 전혀 부끄럼 없이 따라다녔다. 어른들도 별로 나무라지 않았다. 우르르 몰려 이곳저곳으로 뛰어다니기만 해도 신이 났다. 웅덩이 물을 한번 첨벙하면 발바닥에 물이 찰싹 붙었다 옆으로 빠져 나가면서도 적당한 압력으로 살짝 떠받쳐준다. 발을 다시 들어올리면 발바닥에 물이 빨려드는 듯했다. 젤리처럼 쫀득한 맛이 느껴졌다.

한참을 빗속에서 뛰놀다 초가집 처마에 들어와 위를 바라보면 이슬처럼 크고 작은 물방울이 대롱대롱 매달려 있다가 통통 한두 방울씩 떨어졌다. 동생 속눈썹에도 물방울이 맺혀 있었다. 어머니가 돼지기름에 메밀전 부치는 냄새가 고소했다.

좀 더 커서는 우산을 쓰고 다니는 것이 왠지 나약해 보였다. 우산살 끝에 실밥이 떨어져 천이 너덜거리거나 우산살 한두 개 떨어진 건 보통이었고, 손잡이가 떨어져 나가거나 기둥 살이 휘어져 잘 접히지도 않는 우산을 들고 다니느니, 차라리 우산 없이 다니는 게 낫다는 생각이 들어서였는지도 모른다. 마침 같이 붙어 다니던 친구가 우산을 거의 들고 다니지 않는 녀석이어서 둘이 빗속을 걸으며 흠뻑 몸을 적시곤 했다. 마치 영화의 주인공이라도 된 듯 우쭐하는 마음이 들기도 했다. 그렇게 흠뻑 적시고 나면 답답하던 마음이 뻥 뚫리는 것 같기도 했다.

더 어렸을 적, 며칠째 햇볕이 뜨겁게 내리쬐던 한여름 어느 날, 수매밑 바닷가에 후두둑 비가 내렸다. 뜨거운 공기를 머금은 따뜻한 빗방울은 잠시뿐, 이내 시원한 빗줄기로 바뀌었다. 머리를 간질 거리는 비를 맞으며 한참 동안 헤엄을 쳤다. 짠 바닷물 맛이 밍밍해질 것만 같았다. 잔잔한 바닷물 위로 빗줄기가 내리꽂혔다. 꽂히는 빗방울마다 작은 동그라미를 만들어냈다. 먼저 생겨난 동그라미가 채 사라질 새도 없이 새로운 동그라미가 생겨나고 또 생겨났다.

돌멩이 홍해삼

수 년 전에 성산포에 간 적이 있다. 수매밑 바다가 한눈에 내다보이는 식당에서 오촌 아저씨와 함께 자리했다. 초등학교에 입학했을 때 아저씨는 6학년이었다. '삼춘'이라고 부르긴 했지만 형 아우처럼 지내는 사이였다. "성산포에 와시난 홍삼 먹어사주." 하며 홍해삼을 한 접시 시킨다. 주인은 1년 선배 누나다. 아득히 보이는 섭지코지까지 둥글게 해안선이 이어진 수매밑 바다는 호수처럼 잔잔했다.

처음 서울로 올라왔을 때 해산물 종류는 한동안 먹지 못했다. 한눈에 보기에도 선도가 떨어지는 해산물이 꺼림칙하여 영 내키지가 않았다. 그래도 시간이 흐르며 차츰 적응해 갔지만, 해삼만은 지금도 어렵다. 서울에서 파는 해삼은 우선 가늘게 축 늘어진 모양새가 도무지 힘이 없어 보인다. 돌기도 왠지 볼품없다. 썰어놓으면 끈적끈적한 침 같은 게 묻어 있고, 씹어 보면 물컹한 게 김이 빠진 맥주를 마시는 느낌이 들기도 한다. 그러나 무엇보다 때깔이 받쳐주지 못한다. 모름지기 배를 감싸고 돌아야 하는 붉은빛이 없었다.

붉은 해삼이 나왔다. 하얀 속살에 등껍질이 포돗빛을 내비치며 감싸고 돈다. 단단한 듯하면서도 폭신하게 씹힌다. 어릴 적 뛰놀던 수매밑 바닷가의 소금기가 더해져서 그랬을까. 끝도 없이 소주에 홍해삼을 먹었다.

대학시절 방학 때, 용두암 바닷가에서 몇 번 먹어본 이후로 처음이었다. "해삼은 용두암에서 먹어야 제맛이지." 하는 제주시 출신 선배들의 손에 이끌려 따라가곤 했다. 좌판을 벌린 해녀 아주머니들이 숭숭 썰어내는 홍해삼을 용두암 바닷가 바위 위에 앉아 먹었다. 그때도 술이 끝없이 들어갔다.

어린 시절에도 해삼은 자주 먹을 수 있는 것은 아니었다. 그 당시에도 귀한 물건이라 아주 가끔 먹을 수 있을 뿐이었다. 커다란 반지처럼 썰어놓은 해삼 조각은 너무 미끄러워 젓가락으로 집어먹기는 힘들었다. 검지로 들어올리면 손가락에 대롱대롱 매달린다. 얼른 입으로 가져가 손가락까지 빨아먹는다. 딱딱하다 싶을 정도로 탱탱한 살이 열 마리라도 먹을 수 있을 것만 같았다.

바닷가에는 해삼 내장이 라면 두세 그릇 정도 분량으로 구석에 쌓여 있었다. 길고 가느다란 것이 생김새는 삶은 국수처럼 보이는데, 색깔은 노란색에 붉은 기운이 돌았다. 해삼을 손질하고 버린 것이다. 해삼 내장을 먹기는 했지만 귀하게 여기지는 않았던 듯하다. 이 내장 무더기를 볼 때마다 서양 먼 나라의 너무나 느끼해서 먹어볼 수 없는 음식이 이렇게 생기지 않았을까 상상하곤 했다. 라면 봉지에 나온 캐릭터 때문이었을까. 요리사 모자를 쓰고 노란 수염이 무성한 캐릭터였다. 수염이 국수 면발처럼 보였다. 가느다란 노란색 해삼 내장이 서양 요리사의 노란 수염으로 이어지더니, 이런 요리사가 요리함직한 느끼한 음식이 떠올랐는지도 모르겠다.

해삼 잡으러 따라나섰던 기억도 난다. 삼촌이 낚시도 잘하고 성산포의 온갖 바다를 훤히 꿰고 있어서 여러 번 졸라 같이 가게 되었다. 가을이 깊어가는 어느 날 새벽. 물때에 맞춰 삼촌이 미리 정해둔 날이었다. 삼촌과 동네 형들 몇 명이 장화를 신고 횃불과 양동이를 들고 수매밑 바닷가로 나섰다. 수매밑 바닷가는 썰물이면 큰 바위가 U자 모양으로 드러난다. 바위가 넓고 평평해서 뜀박질 놀이를 할 수 있을 정도이다. 바위 사이에는 물이 호수처럼 가둬져 있다.

해삼잡이보다 해삼줍기가 더 적절한 말인 것 같았다. 해삼이란 놈이 원체 느리기도 하거니와 새벽이라 모두 잠들어 있었다. 바위

가장자리를 돌아다니며, 물속에 잠긴 조그만 돌덩이를 뒤집으면 죽은 듯이 해삼이 누워 있었다. 그러면 주우면 되었다.

삼촌이 해삼을 먹기 위해 잡으러 다닌 것은 아니었다. 잡은 해삼을 팔아 조금이라도 집안 살림에 보탬을 주어야 할 처지였다. 나는 한 마리인가밖에 못 잡아서 그 뒤로는 삼촌 뒤만 따라 다녔는데, 신기하게도 삼촌은 돌멩이 속을 꿰뚫어보듯 뒤집는 돌멩이마다 척척 잡아냈다. 그때도 삼촌은 "예전보다 물건이 없어." 하고 투덜거렸지만, 그날의 시원한 바닷가 새벽 공기는 해삼을 먹을 때마다 떠오르는 상큼한 맛으로 내내 남아 있다.

어렸을 때 부모님은 이런저런 부업을 하셨다. 부산 살 때에는 찹쌀떡을 만들어 팔았다. 깊은 밤에 어쩌다 잠에서 깨면 어머니와 할머니가 하얗게 쌀가루를 뒤집어쓰고 다 만든 찹쌀떡을 부산하게 포장하고 있었다. 어머니가 말없이 건네주던 찹쌀떡의 달콤한 팥앙금이 잊혀지지 않는다. 그런 부업을 해서였을까, 형님은 지금도 팥앙금이 들어간 찹쌀떡을 제일 좋아 한다.

제주도로 다시 돌아온 뒤에는 멸치를 말리기도 했다. 어느 해인가 멸치가 너무 많이 잡혀 거저 얻다시피 했는데, 그 많은 멸치를 주체할 수 없어 아버지의 아이디어에 따라 말리기로 했다. 제주도에서 멸치 말리는 일은 드물어 결과는 신통치 않았다. 아버지가 의욕적으로 나서긴 했지만, 아무 기술도 없이 몇 마디 들은 이야기만으로는 좋은 품질의 마른 멸치가 나오기 어려웠을 것이다.

뽕돌을 만들기도 했다. 원래 낚싯줄에 매다는 뽕돌은 납으로 만든 것이라 자그맣지만 통통하고 보기보다 무거웠다. 그래서 조금 통통하다 싶은 녀석들은 죄다 별명이 뽕돌이었다. 우리 집에서 만든 것은 낚시용 뽕돌이 아니라 해녀들이 잠수복 위 벨트에 매다는 납이었다. 큼지막한 비엔나소시지처럼 생겼는데, 뽕돌이라는 말의 어감에는 이것이 더 어울린다고 생각했다. 만드는 방법 자체는 무척 간단했다. 아즈텍의 피라미드처럼 생긴 납덩어리를 뒤집어 틀에 끼운 뒤 끓이면 납덩이가 녹으면서 납물이 된다. 이 납물을 뽕돌 틀에 부어 굳히면 비엔나소시지 같은 뽕돌이 만들어진다. 납물이 든 틀을 들고 움직일 때마다 표면에 은박지 같은 얇은 막이 생겨, 출렁이는 납물에 따라 접혔다 사라지곤 했다.

이 일도 주로 어머니가 하셨다. 어머니의 팔뚝에는 어린애가 새끼 물고기라고 그림직한 모양의 자국이 있었다. 뽕돌 만드는 일을 하다가 납물이 튀어 생긴 흉터라고 했다. 어머니가 일찍 치매를 앓게 된 데에는 아무런 안전 장비도 없이 납 작업을 하던 이때의 일이 한몫했을지도 모를 일이다.

홍해삼 말리는 일도 했다. 어머니가 잡아온 것으로 모자라, 다른 해녀 아주머니들에게 사온 크고 뭉툭한 홍해삼을 내장 꺼내 깨끗이 손질했다. 큰아버지 집 마당 한켠에 큰 가마솥을 걸고 물을 끓여 해삼을 넣고 삶았다. 삶은 해삼을 며칠 말린 뒤 다시 삶아 말렸다. 이 모든 일을 어머니 혼자서 다 했다. 아버지는 감독관처럼 중간중간 지시인지 잔소리인지 몇 마디 할 뿐 지켜보기만 하였다.

삶고 말리는 과정을 여러 번 거치는 사이에 내 팔뚝만 했던 해삼이 조금씩 작아졌다. 다 마른 것은 어른 검지손가락 정도로 작았고 돌멩이처럼 딱딱했다. 시커먼 것이 돌기가 토돌토돌 달려 있어서 누가 현무암을 일부러 깎아놓은 것처럼 보였다. 군데군데 하얗게 소금기가 앉아 있었다. 그 맛있는 해삼을 왜 이렇게 먹을 수 없는 돌덩이로 만들어 놓는지 어린 나로서는 도무지 알 수가 없었다.

대학을 졸업한 뒤 아버지께서 서울에 다녀가신 적이 있다. 말린 해삼을 판다며 내 손을 잡아끌고 남대문 근처 중국집으로 들어가셨다. 내가 가본 중국집 중에서 제일 큰 집이었는데, 재료상을 겸하는 곳인 듯 보였다. 30대 후반의 뚱뚱한 아저씨가 직원들에게 뭐라뭐라 큰소리로 말하며 우리에게로 다가왔다. 중국말이었다. 사장 아들쯤 되겠구나 하는 생각이 들었다. 자리에 앉고서도 직원들에게 고개를 돌리며 큰소리로 몇 마디 하고 나서야 우리를 쳐다보았다.

뿔테 안경 너머 거만한 눈길로 우리를 바라보더니 무슨 일이냐고 묻는다. 한국말이었다. 아버지께서 가방에서 말린 해삼 이삼십 마리를 꺼내 보여주었다. 탐탁지 않은 표정이었다. 해삼을 살펴보는 사이에 또 직원들에게 중국말로 소리를 친 듯도 하다.

아버지가 꺼내 놓은 말린 해삼은 예전에 보던 생김새 그대로였다. 손가락만 한 까만 돌멩이. 토돌토돌 앙증맞게 솟은 돌기. 희끗희끗 쌓인 소금기. 언제 적 말린 해삼일까? 성산포에서 제주시로 이사 온 뒤에는 해삼 말리는 작업을 본 적도 들은 적도 없었다. 그렇다면 그 오래 전, 성산포에서 말려둔 홍해삼인가?

아버지는 흥정을 계속했지만 주인장은 영 제값을 쳐주려 하지 않았다. 귀한 제주도 홍해삼인데 여기 아니면 팔 데 없는 줄 아냐고 소리치며 아버지 손을 잡고 나오고 싶었지만, 가만히 지켜볼 수밖에 없었다. 중국집에서 해삼탕이 얼마나 비싸게 팔리는지 그때 알았다면 아버지의 손을 끌고 당장 그 자리를 박차고 나왔을 것이다.

돌이켜보면 협상술에 능한 화교에게 뜨내기 장사꾼은 애초부터 상대가 될 수 없었다. 결국 아버지는 체념한 듯 돈을 받아들고 중국집을 나왔다. 내가 해드릴 말씀이 없어서 너무나 답답했다. 아버지는 몇 마디 말도 없이 내게 돈을 쥐어 주고는 황급히 돌아서셨다. 홍해삼을 넣었던 가방이 유난히 헐렁하게 흔들거리는 것만 같았다.

손을 잡으면 마음까지

"강화도는 절대 안 갈 거야!"

나들이 가자고 하면 군소리 없이 잘 따라나서던 중학생 아이가 하루는 크게 반발했다. 재미 하나 없는 강화도는 이제 질렸다고 한다. 그럴 정도로 강화도에 자주 갔던가? 일산에서 갈 만한 곳 가운데 강화도만 한 곳도 없다고 생각해왔다. 가깝기도 하거니와, 우선 바다가 있었다. 산도 있고 제법 너른 들도 있고 둘러볼 만한 유적지도 많았다. 그리고 무엇보다 전등사가 그곳에 있었다.

그 여학생을 처음 본 날은 대학에 막 들어간 3월, 봄기운이 돋기 시작하는 20일쯤으로 기억한다. 별명이 '할망'인 사범대 친구가 있었다. 웃을 때 좁은 이마에 주름이 많이 져서 그런 별명이 붙었다.

키도 크고, 이마가 좁은 것 외에는 잘생긴 친구였다. 그 친구로선 아주 억울한 별명이었다. 할망의 기숙사 룸메이트 중에 국어교육과 학생이 있어서 이런저런 이야기를 전해주었다. 국어교육과 1번 강 아무개, 마지막 번호 현 아무개. 둘 다 제주 출신 여학생인데 이 둘이서 국어교육과를 들었다 났다 한다더라 하는 얘기도 있었다.

사범대 앞에 작은 언덕처럼 생긴 잔디밭이 있었다. 페다고지 언덕이라 부르는 곳이었다. 할망과 여학생이 함께 앉아 있었다. 할망이 지나가는 나를 불렀다. 혹시 그 국어교육과 학생? 같이 있던 여학생은 청바지에 감색 티셔츠를 입고 있었다. 티셔츠 색깔이 약간 바랜 듯 보였다. 국어교육과 1번 여학생이 맞았다. 소매를 걷어올리며 유쾌하게 얘기했다. 나는 그저 듣기만 했다. 활짝 웃을 때 드러나는 덧니가 인상적이었다.

대학 신입생 시절은 연애의 계절이었다. 이미 고등학교 때부터 여자를 사귀던 친구들도 있었고, 대학에 들어오자마자 이런저런 연을 통해 새롭게 여자친구를 사귀는 녀석들도 꽤 있었다. 그 녀석들도 중고등학교 6년을 모두 남학교에서 보낸 것은 나와 다르지 않았을 텐데 어디서 그런 요령이 생기는지 궁금했다. 물론 나의 경우는 초등학교 3학년 이후로 졸업할 때까지 남녀 합반에서 지낸 적이 없었으므로, 그 정도 차이 때문일까 하고 생각도 해보았다.

188

고등학교 때, 퀴퀴한 냄새나는 친구의 골방에서 라면을 끓여먹으면서 발견한 고은의 ≪사랑≫이라는 에세이집이 있었다. 조국애니 종교적 사랑이니 모성애니 해봐도 진짜 사랑은 남녀 간의 사랑밖에 없다고 주장하는 내용이었다. 저자의 약력에서 출가한 뒤 환속했다는 대목이 눈길을 끌었다. 그때부터 아무런 도덕적 죄책감 없이 운명적 사랑을 고대해 왔지만 기회를 잡을 수는 없었다. 물론 동네 아저씨가 봐준 사주에서도 그리고 아버지께서 보고 온 사주에서도 여복이 있다고 하여 가슴 한 편에 묻어두고 가끔 위안으로 삼고 있었다.

그런 나에게 한 친구가 말했다. "너는 여자 꼬실 생각일랑 하지 마라." 남성적인 매력이 없는 외모에다 말주변도 시원찮으니 근사한 여학생과 로맨스를 이뤄 보겠다는 꿈은 접어라, 그냥 가까이에서 친구처럼 어울리다가 관계가 깊어지는 식으로 해보라는 무슨 예언 같은 충고였다.

미팅은 딱 한 번 했다. 이대 앞 어느 카페에서 여학생이 내놓은 물건을 골라 파트너를 정했다. 내 파트너는 부산 출신 의대생이었다. 작은 키에 웨이브진 머리가 자연스러웠다. 큰 눈으로 말똥말똥 나를 쳐다보는 모습이 떠오른다. 덕수궁 벤치에서 어색한 데이트를 한 번 하고, 기숙사 오픈하우스 때 초대했다. 파트너 없이 혼자 오픈하우스를 보내면 조금 울적할 것 같아 초대한 것이었다. 파트너와 기숙사 마당을 걷고 있을 때, 국어교육과 여학생이 과친구처럼 보이는 학생과 다가왔다. 살짝 웃으며 지나갔다. 그 웃음이 내게는 왠지 비웃음처럼 느껴졌다.

파트너와 함께 기숙사 안으로 들어갔다. 그때 우리 동에 부산 출신들이 많았다. 우리 방에도 두 명이 부산 출신이었다. 방에 들어갔더니 룸메이트들이 파트너와 함께 있었다. 룸메이트 둘이 내 파트너를 이미 알고 있었다.

우리 방에 자주 드나들던 부산 출신 형이 있었다. 같은 신입생이었지만 나이가 나보다 서너 살은 많았다. 작달막한 키에 통통한 형이었다. 그 형이 우리 방으로 들어왔다. 형도 내 파트너와 잘 아는 사이였다. 그때부터 분위기가 좀 묘해졌다. 통통한 형이 나를 못마땅한 표정으로 여러 번 흘겨보았다. 아무래도 예전부터 내 파트너에게 관심이 있었던 듯했다. 방 사람들끼리 노래도 부르고 했지만 도무지 흥이 나지 않았다. 오픈하우스 뒤로 의대 여학생과 다시 연락하지 않았다.

사실 신입생 시절은 실연의 시절이었다. 초등학교를 같이 다닌 공대 친구녀석은 고등학교 때 이미 사귀던 친구가 있었다. 대학에 오더니 새로 만난 여학생에 꽂혀 예전 친구와 헤어졌다. 새 여학생은 사범대에 다녔는데, 제주도 아주머니들이 "삶은 독새기같이" 생겼다며 좋아하는 스타일이었다. 삶은 달걀 벗겨놓은 것처럼 얼굴이 하얗고 매끈한 게 며느리 삼으면 좋겠다는 뜻이었다. 공대 친구가 몇 달을 구애해 보았지만 마음을 얻지 못했다.

자연대 다니던 한 친구는 키 크고 잘생긴 외모에 조금 삐딱하게 거드름 피우는 매력이 있는 친구였다. 여자친구는 제주도에서 학교를 다니고 있었는데, 제주도 친구들 사이에서는 알 만한 사람은 다 알 정도로 미모로 소문난 여학생이었다. 하루는 자연대 친구가 완도에서 여자친구를 만나기로 했다면서 신나게 달려갔다. 그런데 돌아온 친구는 모든 의욕을 잃고 술로 괴로움을 달랬다.

완도에서 반갑게 만나는 것까지는 좋았는데, 이 친구가 방을 하나만 잡는 바람에 사단이 나고 말았다. 여자친구가 도저히 이해할 수 없다며 그걸로 그만 끝장났다는 얘기였다. 친구는 한동안 그 충격을 다 이겨내지 못한 것처럼 보였다. 꼭 그 때문만은 아니겠지만, 실연의 아픔을 겪은 친구들 중에는 지금까지도 혼자 사는 친구도 있다.

국어교육과 여학생과 처음 단둘이 만난 것은 1학년을 마친 겨울방학 때였다. 매서운 서울 추위에 아직 적응하지 못한 그때, 한산한 캠퍼스에서 만났다. 처음 하는 데이트였건만 낭만과는 거리가 멀었다. 건물마다 통로로 전부 연결된 인문사회관 복도를 한참 걷다가 건물 구석 한적한 곳에 놓여 있는 벤치에 앉았다.

1학년 내내 남녀 가리지 않고 제주 출신 친구들끼리 자주 어울리며 놀았지만, 그 여학생은 모임에 자주 모습을 드러내지 않았다. 쾌활하고 유머 있는 이야기를 이어가다, 입주과외를 하느라 마음 놓고 어울릴 시간을 내기 어려웠다고 했다. 남편이 외양선 선장이라 아줌마 혼자 아이들을 키우는 집이어서, 아줌마의 간섭도 심하고 해서 아주 힘든 일 년을 보냈다고 했다. 애써 눈물을 참는 듯 보였다. 헤어질 즈음에 나에게 목도리를 짜주겠다고 했다. 아니면 그때 목도리를 짜들고 왔는지도 모르겠다. 그 겨울 내내 목도리를 꼭 두르고 다녔다. 만나는 친구들마다 누가 짜준 것이냐고 물었다. 조금은 쑥스러워 하며 흐뭇한 웃음으로 대답했다. 친한 친구들 사이에서는 이제 그 여학생이 내 여자친구가 되었다.

나는 목도리를 받은 답례로 글을 한 편 써서 보냈다. 토끼를 주인공으로 한 우화 같은 것이었는데, 지금은 세세한 내용이 거의 기억나지 않는다. 토끼가 어려움을 이기고 참된 자신을 찾아간다는 내용이었던 것 같다. 물론 토끼는 여학생을 염두에 둔 것이었다.

2학년이 되자 여학생은 입주과외를 그만두고 신림동에서 선배 누나와 함께 자취를 시작했다. 입구 한쪽에 석유풍로 하나, 조그만 찬장 하나 들어갈 자리밖에 없는 곳에서 밥을 잘도 해먹었다. 이렇게 허름하고 낡은 집에 노란 전등만큼이나 아늑하고 평온한 방을 꾸밀 수 있다는 것이 신기했다. 무엇보다 이런 것이 여자의 방이구나 하고 느낄 수 있는 옅은 향기가 좋았다. 학교 코앞인데다 강의가 끝나면 으레 가는 술집들이 몰려 있던 동네라 시간이 날 때마다 뻔질나게 드나들었다.

마음 착한 선배 누나가 보다 못해 너무 자주 오는 거 아니냐고 한마디 했다. 이 말에 누나 보러오는 것 아닌데 하며 철없이 대꾸하여 선배 가슴에 못을 박는 일도 있었다. 그렇다고 여학생에게 사랑을 고백했다거나 정식으로 사귀기로 했다거나 한 적은 없었다. 두루두루 친하게 지내는 친구 중에 조금 더 자주 만나는 정도의 사이였다.

여름방학이 끝날 무렵 제법 시원한 바람이 불던 어느 저녁, 목등이 보일듯 말듯 자른 머리를 찰랑거리며 놀이터로 나왔다. 검은색과 회색이 잘 조화된 치마가 참 잘 어울렸다. 그네에 걸터앉더니 여름방학 때 있었던 이야기를 들려주었다. 이야기를 듣는 내내 고백할 생각은 하지 못했다. 그냥 이대로 친구 사이로 지내며 자주 만나기만 해도 좋았다.

또 얼마간 시간이 흘렀다. 그 여학생이 몹시 힘들어한다는 얘기가 들렸다. 친구들은 너 때문에 그런 거 아니냐고 가서 잘 다독여 주라고 했다. 여학생이 내 자취방으로 찾아왔다. 밤새 분위기가 심각했다. 더 이상 깊은 관계를 원하지 않는다, 그냥 보통의 친구 사이처럼 지내자는 말을 했다. 아마도 당시 학생운동에 투신해야 하는지 마는지 하는 고민과 겹쳐져 어려움이 더 컸을 것이다. 사랑만큼이나 뜻도 같이해야 하는 동지적 관계를 지향하던 시절이었다.

그날은 왠지 썩 내키지 않았다. 여학생이 강화도에 함께 가자고 한 날이었다. 1985년 여름방학, 내 삶에서 가장 치열하게 보낸 대학 3학년 1학기가 끝나고 2학기를 앞둔 때였다. 둘 다 학생운동에 몰두하던 시기였다. 밤새 술과 격한 토론으로 지새웠다. 얼마 전 깃발사건이 터져 선배들이 전부 잡혀가거나 수배 상태여서 3학년들 중심으로 2학기 학생운동을 꾸려갈 방안을 찾느라 힘든 하루하루를 보내고 있었다. 그 전날도 늦게까지 술을 마셔 몸이 말을 듣지 않았다. 그래도 강화도 가는 버스에 함께 올랐다. 신촌오거리에서 서강대 쪽으로 가는 길에 있는 허름하고 작은 버스터미널에서였다.

좁은 시골길을 한참 달려 강화대교에 차가 잠시 멈추고 눈이 보일락 말락 철모를 눌러쓴 헌병이 잘그락거리는 쇠구슬 소리를 내며 무슨 죄인들 쳐다보듯 차 안의 승객들을 하나하나 훑어보고 내려갔다. 괜히 주눅 드는 게 기분이 정말 안 좋았다. 나중에 여학생이 거수경례를 하며 "잠쉬, 검문있겠슴다." 하고 흉내를 내어 한참을 웃기도 했다. 강화터미널에 내려 다시 버스를 갈아타고 전등사로 향했다.

제법 따가운 늦여름 햇살 아래 전등사 입구에서 내렸다. 버스가 떠나는 뒤로 흙먼지가 부옇게 일었다. 같이 내린 몇 사람들은 서둘러 먼저 떠났다. 우리 둘만 남은 입구는 호젓했다. 막상 버스에서 내리니 한결 기분이 좋아졌다. 구멍가게만 하나 있었다. 아이스크림을 하나씩 샀다. 고깔처럼 생긴 것에 아이스크림을 두 숟갈 정도 떠주었다. 버스를 내린 곳에서 전등사까지 제법 거리가 되는 길이었다. 오랫동안 비가 오지 않은 듯 고운 흙길이 조금 들떠 있었다. 발걸음을 내디딜 때마다 기분 좋게 쿠션 구실을 해주었다. 햇살의 열기 때문인지 여학생 얼굴에 조금 붉은 기운이 돌았다.

조금 걷다가 누가 먼저랄 것도 없이 서로 손을 잡았다. 그 여학생과 처음 잡아 본 손이었다. 나로서는 난생 처음 여자 손을 잡아 보았다. 손을 잡는 순간, 찌릿찌릿, 온몸에 전기가 오르는 것만 같았다. 손에서 시작되어 온몸으로 퍼지기까지는 찰나의 순간이었지만, 지금도 그때를 생각하면 세포 하나하나의 감촉이 느껴질 것만 같다. 사랑의 전율이 이런 것인가? 내게도 정말 그것이 온 것인가?

여학생도 똑같은 전기를 느낀 것 같았다. 서로 놀라며 마주보다 웃었다. 얼굴의 붉은 기운은 더욱 짙어져 있었다.

얼마 뒤, 혜화동로터리에서 성대 입구 쪽을 걷다가 '손을 잡으면 마음까지'라는 간판이 눈에 들어왔다. 순간 서로 놀라 마주보다가 웃으며 손을 잡고 카페로 들어갔다. 전기는 약해졌지만 더 포근하고 따뜻했다. 자리 네댓 개 있는 조그만 곳이었다. 마주 보며 앉아 있는 사람들은 없었다. 모두 옆구리를 대고 앉은 연인들이었다. 그 뒤로 시간이 날 때면 그 먼 곳을 마다하지 않고 자주 들르곤 했다.

그 전에도 그 뒤로도 다른 여자의 손을 잡아본 적은 없다. 이제 사랑은 일상이 되었다. 뜨거운 정열이 묽어진 자리에 편안함과 배려와 가끔은 사소한 다툼이 자리를 차지했을 것이다. 그래도 가까운 곳에 늘 강화도 전등사, 그곳이 있다는 것이 위안이 된다.

길고 긴 하루

신입은 대게 점심을 먹은 뒤, 오후에 들어왔다. 신입에게는 아무도 말을 걸지 않았다. 방장의 지시에 따라 한쪽 구석에 한참 동안 앉아 있어야 했다. 혹시 물어볼 말이라도 있어 다른 사람에게 말을 걸려고 해도 방장이나 배식 담당이 험악한 표정을 지으며 제지했다. 저녁을 먹은 뒤, 뻥끼통 청소는 신입의 몫이다. 뻥끼통은 아마 변기통이라는 말에서 비롯되었을 것이다.

잠잘 시간이 되면 신입에게 "불 꺼라. 자자." 하는 명령이 떨어진다. 천정 높이 달려 있는 백열등을 끄기 위해 좁은 방 구석구석을 이리저리 아무리 찾아봐도 스위치는 없다. 그러는 사이에 모두들 낄낄거리며 놀리고 신입은 영문을 몰라 눈만 멀뚱거린다. 이 녀석은 정말 초자가 맞군.

서울 구치소 생활에서 견디기 힘든 점 가운데 하나가 이것이었다. 밤에 불을 끌 수 없다는 것. 보통 집의 안방만 한 방에 열 명이 넘는 남자들이 칼잠을 자야 하는 것도 힘들었지만, 불마저 끌 수 없어 깊고 달콤한 잠을 자기는 애초부터 글렀다.

"어쩌겠냐? 도둑놈들하고 같이 살아야지. 그래도 접시나 폭력들보다는 낫지." 나를 호송한 교도관의 말이다. 사기죄로 들어온 접시는 구치소 사람들 사이에서도 기피 대상이었다. 온몸 가득 문신을 새긴 사람들과 같은 방을 쓰는 일도 편치 않은 일이다. 그러니 교도관 말이 수긍이 갔다.

서울 구치소 6사 상 13호, 주로 절도죄로 들어온 사람들이 있는 방으로 배정받았다. 국가보안법 위반으로 들어오면 독방생활을 하는 게 원칙이지만, 독방은 이미 다 차 있었다. 나는 다들 잠들어 있는 한밤중에 절도방으로 호송되었다. 그래서 불 끄고 자자는 놀림을 받지는 않았다. 뺑끼통 청소는 피할 수 없었지만.

사형수가 있는 방에서는 오전 아홉 시까지는 한 마디도 하지 않은 게 규칙이라고 했다. 면회가 없는 이른 아침 시간에 교도관이 와서 "이백팔십 번, 접견." 하면, 이 한 마디로 끝이다. 그 길로 사형장으로 끌려간다는 얘기였다. 절도방에서는 특별한 금기사항은 없었다. 방장의 자리는 출입구 오른쪽이었다. 그 건너편은 배식반장, 그 옆으로 배식 담당 서너 명이 자리를 잡았다. 두부처럼 각이 잘 잡힌 가다밥이 들어오면, 배식이 분배를 시작했다. 콩나물국이 나올 때면 콩나물을 건져내 콩나물 무침으로 만드는 따위를 모두 배식 담당들이 했다.

방장은 후암동에서 나고 자란 전형적인 서울 사람이었다. 30대 후반으로 보였는데, 미남형의 용모였다. 어려운 가정 형편 때문에 학교 문턱은 거의 밟아보지 못했다고 했다. 소년원부터 시작해서 몇 번 감옥을 들락거린 생계형 도둑놈이라고 할 만한 사람이었다. 나를 본 방장의 첫 마디가 "70년대는 지사적 운동이었다메?"였다. 깜짝 놀라 자세히 들어보니, 내가 들어오기 전에 있던 대학생과 죽이 잘 맞아 이런저런 얘기를 많이 나누었다고 했다. 배식 중에선 경상도 출신 형이 생각난다. 말끝마다 "식겁했어."를 달고 다녔다. 터벅머리에 깡다구 있게 생겼다. 노래는 늘 〈부산 갈매기〉를 불렀다.

아침식사 뒤에는 샤우팅을 했다. 각 방에 있던 대학생들이 모두 창가에 들러붙어 "군사독재 타도하자!" 같은 구호를 한참 동안 외쳤다. 그래도 시끄럽다고 싫은 내색을 하는 재소자는 보지 못했다. 아래층이나 옆방에 있는 대학생과 한참을 통방했다. 탄압이 극심해지는 전두환 정권 아래서 운동의 방향을 어떻게 잡아야 하는지 따위를 논하는 것이 주된 내용이었다.

구치소에서는 딱 두 종류로 사람을 분류했다. 범털과 개털. 보통의 개털 재소자들은 푸르죽죽한 죄수복을 입었다. 이 푸른색 죄수복은 정말 최악의 디자인이었다. 그걸 입으면 어딘가 못나 보이고 뭔가 모자란 사람처럼 보였다. 입는 순간 누구든 초라하고 볼품없는 존재로 만들어 버리는 절묘한 디자인의 죄수복. 그런 의미에서는 최적의 디자인인지도 모르겠다. 입는 사람에게는 최악의 디자인, 입히는 자에게는 최선의 디자인. 나는 푸르죽죽한 수의를 입었다.

관에서 지급하는 푸른 죄수복 말고 사서 입을 수 있는 한복도 있었다. 회색 바지에 하얀색 저고리인데 푸른 죄수복에 비하면 얼굴에 광채가 돌게 하는 옷이었다. 범털은 최소한 이 한복을 입는다. 범털이라고 할 만한 사람이 몇 명 있었다. 그 가운데 한복을 입고 있던 30대 초중반의 아저씨가 생각난다.

내가 있던 방에서 무전취식이 가끔 화제에 오르기도 했다. 맛있는 음식을 배불리 먹기 힘든 시절이어서 누가 어떤 큰 갈빗집에 돈도 없이 들어가 실컷 갈비를 뜯고 나와 무전취식 죄로 구치소에 들어왔더라 하는 이야기였다. 그렇게라도 소갈비를 실컷 먹고 싶다고 넋두리를 늘어놓기 했다.

그런 시절에 한복 입은 아저씨는 큰 키에 말끔하게 생긴 것이 당시 표현으로는 '기생오라비' 같은 용모였는데, 고생 한번 하지 않고 풍족하게 자란 것처럼 보였다. 개봉동에서는 자기 할아버지 땅을 밟지 않고는 지나갈 수 없다는 흔한 조상 자랑으로 허풍을 떨기도 했다. 군대에서는 군견 담당이었다고 했는데, 장군의 아들쯤 되어야 갈 수 있는 자리라고 했다. 그러면서 한쪽에서 무전취식을 얘기할 때, 고급 요릿집, 기생집, 룸살롱에서 흥청망청 돈을 써댄 이야기를 떠들어대곤 했다.

이렇게 돈을 뿌리고 다니며 쾌락을 즐기는 사이 별다른 직업 없이 이런저런 사업을 한다며 돈을 날렸을 테니, 지금까지 보전한 돈이 몇 푼이나 되겠는가 하는 생각이 들었다. 그래도 마지막 희망은 있는 듯 보였다. 이런저런 사업에 돈을 뿌려놓기는 했을 것이고 그 가운데 마지막으로 남은 실낱같은 희망을 부여잡고 있는 것이다. 당시 연예 사업은 오늘날처럼 기업화된 영역이 아니라 개인적으로 가수를 키우는 식이었다. 매니저 겸 전주로 노래 잘하는 가수를 발굴해 활동을 하게 하는 식이었다.

이 기생오라비 아저씨는 자기가 가수를 한 명 키우고 있는데, 노래를 정말 잘한다며 아쉬움 섞인 희망을 토로하곤 했다. 특히나 〈라 노비아〉을 부를 때는 눈물이 날 지경이라며 마지막 희망, 희미한 대박의 꿈을 드러내며 조용히 〈라 노비아〉를 부르곤 했다. 이런 범털이 도대체 뭘 훔친 혐의로 여기에 들어왔을까? 무슨 죄를 지어 들어왔는지는 끝내 듣지 못했다.

또 한 명은 소매치기였다. 소매치기로 돈을 벌어 영등포에서 큰 호프집을 몇 개 운영한다는 40대 후반의 아저씨였다. 손이 근질근질해지면 부산행 새마을호 열차를 탄다고 했다. 그때 당시에는 돈깨나 있던 부자들이 타던 최고급 열차였다. 부산에 도착해 우르르 개찰구를 빠져 나갈 때 작업을 한다고 했다.

"지난번 영등포로타리에서 칼부림 난 사건 알아? 소매치기 조직끼리 붙은 거야. 소매치기가 조폭보다 더 무서워." 소매치기는 주로 팀으로 움직인다고 했다. 버스정류장에서 찍새가 대상을 점찍는다. 주로 가방을 어깨에 둘러맨 여성이 표적인데, 돈 있는 사람은 척 보면 안다고 했다. 바람잡이가 양옆에 붙어 주의를 흩트리는 사이, 면도날이 뒤에서 가방을 찢는다. 차가 오고 여자가 차에 오르려는 순간 찝개가 지갑을 낚아챈다. 지갑이 대장에게 전달되면 순식간에 흩어진다. 일반 절도들도 소매치기는 낮잡아봤다. 얍실하게 제 실속만 챙기는 놈들로 여겼다. 키 작고 순하게만 보이는 아저씨가 그런 비열한 짓을 밥 먹듯 한다는 것을 도저히 이해할 수 없었다.

내 또래 아이들은 유일한 관심사가 여대생이다. 애인 있느냐, 여대생하고 자 봤느냐? 끝없이 물어대지만, 내가 해줄 수 있는 이야기는 거의 없었다. 다들 실망하며, "서울대 학생증만 있으면 여대생 백 명은 꼬실 텐데." 하고 중얼거렸다.

오후는 오락시간이었다. 입 다물고 몸짓으로만 설명한 단어 맞추기 같은, 〈가족 오락관〉에 나올 만한 게임을 했다. 퀴즈를 하기도 했다. 〈에반젤린〉이 롱펠로우의 작품이냐 워즈워드의 작품이냐 따위의 장학퀴즈에 자주 나오던 문제를 맞히는 게임이었다. 끝내 아무도 답을 맞히지 못한 문제 가운데, 자동차 경주하는 사람을 영어로 뭐라고 하느냐 하는 것도 있었다. 정답은 카레이서. 퀴즈 문제를 내던 사람은 30대 후반의 단단한 체구에 검은 뿔테 안경을 쓰고 있었는데 예리한 눈매를 감출 수는 없었다. 감옥에 여러 번 들락거리면 익혔는지 퀴즈 문제가 끝도 없이 나왔다. 밖에 있을 때 이병철 회장을 만나 단판 짓고 사업 자금을 받아내려고 삼성 본관까지 찾아가 봤다는 얘기를 진지하게 하기도 했다.

나보고도 퀴즈 문제를 내보라고 해서 몇 번 내보았는데, "설까치의 애인 이름은?" 같은 재미도 없고 코드도 잘 맞지 않는 문제들이 많아 큰 호응을 받지는 못했다. 감옥에 들락거리느라 만화를 본 사람이 별로 없다는 것을 나중에야 알았다.

더러는 화투를 하기도 했다. 속옷 포장지에 있는 종이를 오려 일일이 그림을 그려 만든 화투였다. 돈이 없는 재소자들 사이에서는 주로 포장을 뜯지 않은 새 메리야스로 거래가 이루어졌다. 언제나 메리야스라고 불렀는데, 런닝은 팬티의 두 배나 세 배로 쳐주었던 것 같다. 팽팽한 긴장 속에서 이루어지는 노름은 결국 분쟁으로 이어지기 십상이었다. 퀴즈 출제자가 방장과 주먹을 한두 대 날리기도 했다. 며칠 뒤 퀴즈 출제자는 배식 담당으로 진급했다.

모두 함께 어울려 놀기에는 윷놀이가 최고였다. 아마 윷은 칫솔을 깎아서 만들었을 것이다. 업어야 한다, 말아야 한다, 걸 잡고 윷……. 이렇게 왁자하게 떠들며 윷판이 이어졌다. 이제 다 끝났다 싶은 순간, 뒷도가 나와 세 개 업은 놈을 잡지 않는 한 이길 수 없을 때였다. 통통한 아저씨가 장난기 어린 웃음을 감추고, 뺵도, 뺵도, 뺵도 하며 주문을 외우듯이 등장했다. 그런 주술의 힘 때문이었을까? 정말로 뒷도가 나왔다. 그런데 문제는 이런 일이 한두 번이 아니었다는 것이다. 그러니 무슨 속임수를 쓰는 게 아닌가 의심하는 것도 당연했다. 하지만 감히 따지는 사람은 없었다. 살인죄로 오랫동안 복역한 뒤 출옥했다가 다시 들어온 사람이었다. 〈무정 부르스〉 같은 트로트를 구성지게 부르는 모습을 지켜보노라면, 쓸쓸한 그림자 너머 과거의 모습이 보일 것 같아 순간 오싹해지기도 했다.

이제 간식시간이다. 우유에 수박 조각을 떠넣은 수박화채는 얼음이 없어도 시원했다. 빠다에 백설탕 듬뿍 넣고 버무린 건빵도 자주

먹었다. 버터가 아니고 벽돌 모양의 마가린이었지만 다들 빠다라
고 불렀다. 빠다에 버무린 건빵을 먹고 난 뒤에는 자주 속이 더부룩
했다. 먹다 남은 밥과 요구르트로 술을 담그기도 했는데, 들큼한 맛
때문에 한번 먹어 보고는 그 뒤로 입에 대지 않았다.

간식 없이 며칠 보낸 적이 있었는데, 정말 배가 고팠다. 간식은
누군가 면회를 와서 넣어주어야 먹을 수 있었다. 아니면 자기 명의
로 있는 영치금으로 사야 했다. 그러니 간식이 떨어지는 날도 있게
마련이었다. 다들 말이 없어 나만 배가 고픈 줄 알았다. 다시 간식
을 먹게 된 날, "배 많이 고팠지? 역시 간식을 먹어줘야 돼." 하고
방장이 말했다. 다른 사람들도 한 마디씩 거들었다.

전두환 정권이 끝을 향해 치닫던 시절이라 바깥에 안 좋은 일
이 있으면 수감 중인 대학생부터 조진다고 말하는 동료들이 많았
다. 열흘씩 단식을 하기도 했고, 보안과 지하실과 컴컴한 징벌방에
도 여러 번 들락거려야 했다. 보안과로 끌려가면 "저 놈, 밟아." 하
는 소리에 교도관들이 달려들어 사정없이 나를 넘어뜨리고 등을 밟
아대기도 했다. 있는 힘껏 밟는 자는 한두 명이었고, 나머지는 참을
만한 정도로, 또 더러는 밟는 시늉만 하기도 했다. 밟히면서 이 모
든 걸 느낄 수 있었다.

단식할 때나 징벌방에서 돌아올 때나 같은 방 재소자들이 따뜻한

위로의 말로 맞아주었다. 죄 없이 들어온 대학생이라고, 자기들 같은 도둑놈들하고 다르다고 인정해 주었다. 도둑놈들이 가장 두려워하는 법이 있었다. 3범 이상이면 죄질에 관계없이 무조건 10년 동안 감호처분이라는 명목으로 청송감호소에 가둘 수 있는 사회안전법. 소매치기 아저씨의 경우, 제발 감호처분만 떨어지지 않으면 좋겠다고 여러 번 토로한 적이 있었다. 다른 재소자들도 거의 마찬가지 심정이었을 것이다. 그래서 이 악랄한 법을 폐지하는 데 힘써줄 것을 학생들에게 은근히 기대하기도 했을 것이다.

하루는 보안과장의 순시가 있었다. 재소자에 대한 탄압은 모두 보안과장을 중심으로 이루어지는 체계였다. 징벌방에 여러 번 들락거려 오기가 생긴 때문이었을까? "보안과장 물러가라!" "재소자 처우 개선하라!" 하고 구호를 외쳐 버렸다. 이런 일을 벌이려면 대학생 동료들과 미리 의논한 뒤 같이 해야 하는데, 그만 나 혼자서 일을 저질러 버린 것이다. 더구나 나 혼자서 끌려가 버렸으면 그만이었을 텐데, 우리 방 동료들까지 끌어들이고 말았다.

교도관들이 들이닥치고 방 동료들이 막아섰지만 아무 소용이 없는 일이었다. 나를 막아주던 경상도 형, 퀴즈 출제자 등 동료들도 심한 고생을 했을 것이다. 이 일로 나는 징벌방에 가야 했고, 그 뒤에 다른 방으로 전방되었다.

연주회를 즐기는 몇 가지 방법

학예회라곤 딱 한 번 겪어 보았다. 한 학년에 한 학급뿐인 작은 학교. 교실 칸막이 몇 개를 뜯어내어 강당을 만들고 무대가 설치되니 꽤 그럴듯한 극장처럼 보였다. 낮에는 학생들만 모인 채 발표가 이루어졌는데 총연습을 겸한 자리였다. 저녁에는 동네 어른들로 북적거렸다. 학년별로 뽑힌 학생들이 독창이나 중창을 부르고, 고학년은 연극도 했던 것 같다. 사촌형이 부른 "고향 땅이 여기서 얼마나 되나" 하는 노래가 지금도 떠오른다.

우리 1학년이 한 것은 노래와 율동이었다. 노래와 율동이라고 해 봐야 너무도 단순한 것이었지만 연습을 참 많이도 했다. 그래도 학예회 당일에는 무척이나 떨렸다. 십여 명의 남자 여자 친구들이 한

줄로 서서, "나는 나는 될 터이다~" 하며 후렴구에 해당하는 노래를 부르며 율동을 하는 사이에, 자기 차례가 되면 한 명씩 앞으로 나가 "나는 나는 될 터이다. 경찰관이 될 터이다." 하고 율동을 곁들인 노래를 부르고 나오는 식이었다.

내가 맡은 역할은 국회의원이었다. 할머니가 어디서 빌려온 낡은 양복 웃옷과 넥타이를 하고 갔는데, 너무 큰 어른 양복이라 웃옷 밑단이 거의 바짓단까지 내려왔다. 학교 가는 길에 만나는 사람들마다 웃으며 지나갔다. 국회의원이라면 이모네 집 안방에 붙어 있는 달력에서 본 적이 있다. 일 년 열두 달이 한 장에 모두 나온 달력 한가운데 국회의원 사진이 있었으므로 낯설지 않았다. 내가 커서 못 될 것도 없다는 생각도 들었다.

여자아이들이 맡은 역할들 가운데는 간호원이나 선생님 말고도 피아니스트나 바이올리니스트도 있었다. 생전 처음 들어보는 그 피아니스트니 바이올리니스트니 하는 발음하기 어려운 역할을 맡은 여자아이들이 너무도 자연스럽게 '연기'를 하는 모습이 놀라웠다.

그러나 피아니스트나 바이올리니스트는 너무도 멀리 있었다. 그 여자아이들이 실제로 피아노나 바이올린을 배우기는 힘든 여건이었다. 그런 한편 나는 평생을 가도 피아니스트나 바이올리니스트를 한번 볼 기회조차 없을 것이라는 생각도 들었다.

바이올린 연주를 실제로 들어본 것은 고등학생이 되었을 때였다. 그 당시 제주도에는 변변한 연주회장이 없어 시민회관이나 학생회관에서 '신춘 가곡의 밤'이나 '가을맞이 가곡의 밤'이 가끔 열릴 뿐이었다. 그런 가곡의 밤이 열릴 때면 싼 값의 학생용 티켓을 학교에서 신청을 받아 팔았다. 학생용 티켓을 들고 친구들 몇 명이 우르르 몰려다니곤 했다.

그날도 가곡의 밤이었는데, 특별 프로그램이었는지 아니면 급히 대타로 나온 것이었는지 모르지만, 나이든 할아버지가 바이올린을 들고 무대로 들어섰다. 그때까지도 나는 바이올린 하면 끽끽거리며 귀에 거슬리는 소리가 나지 않을까 상상했다. 그날 할아버지의 연주는 너무도 아름다웠다. 바이올린에서 그런 감미롭고 우아한 소리가 나올 줄은 몰랐다.

대학에 진학하며 서울에 올라왔을 때, 꼭 해보아야 할 일로 꼽은 것 가운데 '연주회 다니기'도 있었다. 그래서 입학한 해 3월인가 4월에 세종문화회관에서 열리는 오페라 〈춘희〉 공연에 실제로 가보기도 했다. 그러나 가난한 시골 대학생이 지속할 수 있는 일은 아니었다. 무엇보다 포근한 제주도 학생회관의 분위기와 달리, 낯설기도 하고 냉기라고 느껴질 정도의 차가운 기운을 느꼈기 때문인지도 모르겠다. 나를 선뜻 받아들여 주지 않는 것만 같았다. 대학 졸업 이

후에야 어쩌다 기회가 닿을 때 가끔씩 연주회에 가볼 뿐이었다.

서경식은 ≪나의 서양음악 순례≫에서 연주회가 시작되기 전의 분위기를 즐기기 위해 일찌감치 연주회장에 들어서는 버릇을 얘기했다. 조명을 받아 반짝이는 팀파니와 하프. 이어서 정장을 차려입은 연주자들이 바이올린이며 호른을 들고 입장해서 제각기 악기 소리를 내며 빚어지는 불협화음. 콘서트마스터가 등장하고 오보에가 내는 A음에 맞춰 이루어지는 조율. 이때의 분위기만 보아도 이날 연주가 어떨지 감이 온다고 했다. 이렇게 섬세하게 느낄 수야 없겠지만, 연주회 전의 야릇한 흥분을 느껴보는 것은 연주회가 줄 수 있는 색다른 경험임에 틀림없다.

연주회장에 갈 때마다 쉬는 시간이면 거의 매번 눈에 띄는 사람이 있었다. 훤칠하고 건장한 몸매에 어깨선을 더욱 강조한 하얀 옷을 입고 있어서 멀리서도 눈에 띄기 마련이었다. 앙드레 김이었다. 로비에서 여러 사람에 둘러싸여 무슨 말인지 열심히 이야기를 나눈다. 그럴 때마다 클래식 음악을 그렇게 좋아하는 분인가 싶었다. 나중에야 이게 정말 중요한 비즈니스였겠구나 하는 생각이 들었지만, 어쨌든 연주회 팸플릿에 나오는 인터미션(Intermission)을 자기 방식으로 잘 즐긴 것은 분명해 보인다.

막 결혼했을 즈음 낙성대에 살았다. 주말이면 '예술의 전당'에 가끔 가곤 했다. 무슨 연주회나 전시회를 보러간 것은 아니었다. 낮에는 한적하기도 하고 우면산 기슭이라 시원하기도 해서 산책을 겸해서 찾아갔다.

그런데 무엇보다도 리허설을 볼 수 있어서 좋았다. 우연히 콘서트홀의 문을 열어본 어느 날 오후, 안에서는 다음 연주를 위한 최종 리허설이 한창이었다. 텅 빈 객석 사이를 걸어가며 멀지도 않고 가깝지도 않은 곳에 가만히 자리를 잡는다. 한참 동안 연주가 이어진다. 그러다 딱 끊기며 지휘자가 몇 마디 한다. 그러고는 다시 연주가 이어지고, 관객은 나와 아내 둘뿐. 우리만을 위한 연주회 같았다.

어느 날인가는 오케스트라 옆 플로어 여기저기에 젊은 여성들이 무리지어 있었다. 다리를 쭉 뻗고 한 팔이나 양팔을 짚고 있기도 했고, 팔베개를 하고 누워 있는 모습도 보였다. 일종의 시각적 충격이랄까, 엄숙한 연주회장 공간에 전혀 어울리지 않는 자세였다. 거기에다 하나같이 큰 키에 쭉 뻗은 다리. 모두 다 모델 같은 모습이었다. 폴란드에서 온 오케스트라와 여성 합창단의 리허설이라는 데 생각이 미쳤다. 그제야 상황이 이해되었다. 합창단원들의 휴식 시간이었던 것이다. '무대에서 우아하게 서 있는 합창단원들도 쉬는 시간에는 이렇게 바닥에 널브러져 있기도 하는구나.' 속으로 이런 생각이 들었다.

잠시 뒤, 한국인 남자 성악가가 나왔다. 노래를 하기 전에 매니저로 보이는 사람에게 "중간에 코러스 없어? 이 노래에 코러스가 없으면 되나." 하는 얘기를 했다. 중간에 코러스가 나오는 아리아라면 〈네순 도르마(Nessun dorma)〉를 부르려는 걸까 하는 생각이 들었다. 아닌 게 아니라 파바로티의 레파토리로 유명한 바로 그 노래였다. 중년의 자그마한 한국 남자가 과연 이 노래를 제대로 부를 수있을까 하는 우려는 단숨에 사라졌다. 아름답게 울려나오는 목소리. 누구인지 알아보지는 못했지만 일급 성악가임에 틀림없는 미성이었다. 파바로티보다 감미롭고 부드러운 음색. 중간에 폴란드 여성 합창단의 코러스가 이어졌고, 피날레 고음부가 울려퍼지며 노래가 끝나자마자 환호와 갈채가 쏟아졌다.

같이 노래한 폴란드 여성 합창단원들의 반응은 나의 예상을 훨씬뛰어넘었다. 관객으로서만이 아니라 같이 성악을 공부하는 동료로서의 짙은 애정이 묻어나는 갈채였다. 나도 모르게 박수를 쳤다. 같이 간 아내도 그랬을 것이다. 연주회보다 리허설이 더 나을 수도 있다는 생각이 드는 순간이었다.

아빠가 어른이 되었을 때

그날은 날씨가 제법 쌀쌀했지. 한겨울 추위를 예고하는 그런 날씨랄까? "이때만 되면 왜 이렇게 춥지." 하는 엄마의 푸념을 너도 여러 번 들어보았을 거야. 아마 금요일 퇴근 무렵이었던 것 같아. 2박 3일로 예정되어 있던 연수교육을 진행해야 해서, 막 숙소로 떠나려던 참이었지. 그때 엄마에게서 진통이 시작되었다고 연락이 온 거야. 다행히 다른 부서의 후배가 아무 걱정 말고 가시라며, 아빠의 일을 흔쾌히 대신 떠맡아 주었지.

결혼한 지는 6년이 지났을 때였고, 엄마를 처음 만난 날로 따지면 13년을 훌쩍 넘긴 때였어. 결혼은 했어도 한동안 아이를 가질 생각은 하지 않았지. 세상을 바꿔 보겠다는 원대한 꿈을 꾸고 있던 시절이었으니까. 그런 꿈을 이루는 데 아이가 걸림돌이 될 것이라 생각한 거야. 엄마가 전교조에 가입했다는 이유로 학교에서 쫓겨나 있던 것도 그런 생각을 굳히게 했지.

그러다가 아빠가 새로운 직장에 들어가고, 일산에 집도 마련하게 되어 아이를 가지기로 결정했지. 하지만 세상 일이 늘 그렇듯이 마음먹은 대로 되지는 않았어. 한동안 소식이 없지 뭐야. 그래서 벽제 어디에 아이를 낳게 해주는 데 용하다는 한의원에서 엄마가 약을 지어 먹기도 했지.

사실을 얘기하자면, 아빠는 아이들을 별로 좋아하지 않았단다. 아니, 아주 귀찮고 성가신 존재로 생각했다는 게 더 맞겠구나. 여러 가구가 모여 살던 제주도 집에 조무래기들이 많았어. 우리 집에 살던 아이들하고 동네 아이들이 몰려다니며 떠들고 놀았지.

고3 때인가, 조무래기들이 온 마당을 휘저어 뛰어다니며 시끄럽게 떠드는 통에 공부에 집중하기가 힘들었어. 그래서 아이들에게 버럭 소리를 지르며 야단을 쳤지. 내가 생각해도 너무 과하게 야단을 친 것 같아. 그때 건넛방에서 아주머니가 나오셨지. 아무 말 없이 아빠를 한참동안 노려보던 아주머니의 표정을 지금도 잊을 수 없구나. 실망과 분노가 뒤섞인 그 표정을. 평소에 의젓하다며 아빠를 늘 칭찬해 주시던 분이셨지. 아이를 데리고 방으로 들어가기 전에 사과라도 드렸어야 했는데. 지금 생각해도 얼굴이 화끈거리는구나.

대학에 들어온 뒤에는 어린 아이를 가까이 할 일은 없었지. 희경이 누나나 정우 형이 있지 않았냐고? 물론 있었지. 하지만 큰아빠 댁이 너무 멀리 있어서 거의 찾아뵙지 못했지. 그러니 처음 임신 소식을 들었을 때, 아주 기쁜 마음 한편에 두려움이나 걱정이 생겨났던 것도 어쩌면 당연한 일이었는지도 모르겠다. '내가 과연 아이를 잘 키울 수 있을까? 그저 보통의 아빠처럼만 하면 잘 될까?' 이런 생각을 해보지만 뭔가 좋은 수가 떠오르지는 않았어.

서둘러 일산 집으로 돌아와 엄마를 태우고 서울에 있는 보라매 병원으로 향했단다. 도착해 보니 아홉 시쯤이었는데, 담당 의사가 아직은 때가 아니라며 진통 간격이 더 짧아지면 오라고 하더구나. 아이 쑥쑥 나오길 바라며 봉천 사거리에 정육점도 같이 하는 고깃집에서 삼겹살을 실컷 먹었지. 그러고는 너도 잘 아는 아빠 친구, 석원이네 집으로 갔단다. 그 집이 봉천 사거리에 있었거든. 한두 시간 정도 쉬고 있는데, 다시 진통이 시작되어 보라매 병원으로 향했어.

이번에는 병원이 다가올수록 아빠의 심장 박동도 빨라지는 느낌이었어. 도착해 보니 새벽 한 시쯤이었던 것 같아. 엄마는 바로 분만실로 들어갔지. 아빠는 대기실에 있었는데, 다른 아저씨 두어 명이 기다리고 있더구나. 한 아저씨는 거의 열 시간째 기다리고 있다고 했어. 둘 다 기다리느라 긴장했는지 딱딱하게 굳은 표정이어서 말 몇 마디 붙여보지 못하고 조용히 기다리고 있었단다.

그런데 예상보다 빨리 간호사가 애를 안고 나오더구나. "다들 건강해요. 애가 바뀔 염려는 없겠네요." 하며 너의 왼쪽 귀에 있는 앙증맞은 혹을 보여주더구나. "12가 세 개네요." 하며 무슨 쪽지 같은 것을 건네주기도 했지. 1996년 12월 12일 새벽 3시 12분. 이렇게 네가 세상에 나온 날과 시각이 적혀 있었지.

엄마가 입원실로 가기 전에 시간 여유가 있어서 병원 밖으로 나갔어. 너의 첫 모습을 보고 계단으로 내려오는 동안, 나도 모르게 웃음이 터지며 주먹이 쥐어지고 힘껏 내지르게 되지 뭐야. 아싸 하는 감탄사가 저절로 튀어 나오면서 온세상을 얻은 듯한 기분도 들었고. 날듯이 기쁜 게 무엇인지도 알게 된 순간이었어.

네가 이 세상에 오고난 뒤부터, 아빠 몸속 그 수많은 세포 하나하나 깊숙이 숨겨져 있던 목소리가 깨어나 외치는 것 같았단다. 몸속 깊숙이 감춰져 있던 본능적 사랑이 깨어나는 것이겠지? 심지어는 이 세상에는 두 부류의 사람이 있다는 생각이 들기도 했단다. 아이를 낳아본 사람과 그렇지 않은 사람. 아이를 낳아야 어른 대접 받는다는 주위 어른들 말씀도 그제야 실감하게 된 거지.

 첫돌이 되기 전에, 새로 만들어지는 일산 공동육아 어린이집에 보내기로 했단다. 준비 모임을 한다고 해서 참석하게 되었지. 지금은 킨텍스 주차장으로 바뀌어 흔적도 없이 사라져버린 그곳. 노을 지는 모습이 그렇게도 아름다운 그곳. 네가 한참을 뛰어놀게 되는 '야호 어린이집' 말이야.

 거실로 들어서는데 정신이 홀딱 나가 버리는 줄 알았어. 이리저리 뛰어다니고 징징대고 소리 지르는 아이들. 그런데 말리거나 싫은 소리 하는 어른은 한 명도 없었지. 다들 조금은 들뜬 표정이라고 할까? 서로 반갑게 인사를 나누더구나. 어떤 아저씨는 크고 또렷한 목소리로 아무 스스럼없이 아줌마들과 얘기를 나누기도 했지. 나중에 알고 보니 하람이 아빠였지.

 그 시끄러운 와중에도 회의는 일사천리로 진행되었어. 어떤 아줌마는 아이를 안고 그동안의 경과를 조근조근 설명했지. 하람이 엄마였어. 안면이 있는 사람은 한 명도 없었지만 이미 아는 사람들처럼 느껴졌단다. 그렇게 떠들어대는 녀석들도 볼수록 귀여워 보였고. 그렇게 초보 어른의 초보 딱지를 떼기 위한 아빠의 길이 새로 시작된 거란다.

십 년 뒤 우리는

발렌타인데이는 참 특이한 날입니다. 오래된 명절도 아니고 나라에서 정한 기념일도 아닌데 그날만 되면 순전히 남자라는 이유만으로 초콜릿을 받을 수 있습니다. 대학에 와서야 발렌타인데이가 있다는 것을 알게 되었습니다. 2월 어느 날인가, 활달한 어느 여학생이 초콜릿을 사두어야 한다며 부산을 떨더군요. 이제 곧 여자가 남자에게 사랑 고백을 할 수 있는 날이 다가온다면서요. 고백하는 날이라니, 나도 그런 고백을 한번 받아보면 얼마나 좋을까 하고 괜히 마음이 설레기도 하더군요. 그때 이후로 발렌타인데이만 되면 초콜릿을 얻어먹을 수 있었습니다. 실제로 사랑 고백이 얼마나 많이 이루어지는지는 알 수 없었지만 말이죠.

나중에 발렌타인데이가 초콜릿 회사의 마케팅 때문에 생겨났다는 이야기를 들었습니다. 그 말을 들으니 그 뛰어난 마케팅 능력에 놀라지 않을 수 없었습니다. 사람들 마음속 깊이 감춰져 있는 욕망을 부추기는 솜씨가 장난이 아닙니다. 이제 발렌타인데이는 달력에도 당당히 이름을 올렸고, 그냥 건너뛸 수 없는 중요한 날이 되었습니다. 수산인의 날, 보건의 날, 과학의 날……, 달력을 펼쳐보면 사월에만도 이런 기념일들이 줄줄이 이어지고 있습니다. 나름의 의미와 의도를 가지고 정한 날이겠지만, 보통 사람들이 이런 날들을 기억할 것 같지는 않습니다. 이렇게 여러 기념일들이 있지만, 사람들이 일 년에 하루를 온전히 기념하도록 '압박'할 수 있는 날은 흔하지 않습니다. 그만큼의 매력을 지닌 날이 별로 없다는 말이 더 알맞을지도 모르겠네요.

그런데 발렌타인데이만큼이나 특이한 날이 있습니다. 초콜릿 회사의 마케팅 같은 것 없이도 수많은 사람들이 순전히 자발적으로 기념하려고 하는 날입니다. 시월의 마지막 날. 〈잊혀진 계절〉, 이 노래 한 편 때문에 온갖 사람들이 떠올리는 날이 되었습니다. 가까운 사람끼리 또는 조금은 소원했던 사람끼리 아니면 먼 기억 속의 사람이라도 누구든 만나 따뜻한 차 한 잔이든 쓴 소주 한 잔이라도 기울여야만 할 것 같은 날이 되었습니다.

1984년, 제가 대학 2학년일 때로 기억합니다. 힘겨운 시월이 지나고 있었습니다. 연일 이어지는 집회와 시위에 최루탄 때문에 눈물이 끊이지 않았습니다. 그때도 시월의 마지막 밤이라고 친구들이 학교 근처 어느 술집으로 모여들었습니다. 이제 학생운동 일정도 긴 겨울잠에 들어갈 참이었습니다. 11월 13일 전태일 열사를 기리는 날을 마지막으로 그해의 집회나 시위는 얼추 마무리됩니다. 서클별로 1년의 활동을 평가하고 깊이 있는 학습도 진행하면서 새로운 운동 방향을 정하는 일을 할 것입니다. 더 엄혹한 내년의 학생운동을 준비하느라 그렇게 분주한 시간을 보내야 하는 것이죠. 하지만 이런 활동은 모두 학생들끼리 내부에서 이루어지는 일입니다. 시위를 하며 경찰에 잡혀갈지도 모른다는 심한 압박감은 이제 많이 가실 때입니다.

그러니 시월의 마지막 밤에 모여들어 실컷 술을 마시는 일은 너무나 적절한 선택이었습니다. 그렇게 만나서 왁자지껄하게 마시며 격하게 울분도 토로하고 학생운동의 방향에 대해 열띤 토론도 벌이며 술자리가 무르익어가고 있었습니다. 그런 가운데 한 여학생이 "우리 십년 뒤에는 다들 어떻게 변해 있을까?" 하는 말을 했습니다. 십년 뒤 우리? 어디서 많이 들었던 아이디어인데. "왜 그 추리소설 있잖아? 십년 뒤에 친구를 만나기로 한 날, 그날 밤에 탐정이 친구

만나러 가잖아." 나도 그 추리소설이 막 떠오르던 참이었습니다. 그러자 다들 재미있겠네, 우리 그럼 십 년 뒤에 학교 교문에서 만나자, 십 년 뒤 시월의 마지막 날 밤에 교문에서 만나는 거야, 시월의 마지막 날이라 잊어버릴 일은 없을 거야, 하며 십 년 뒤의 만남은 어느새 반드시 해야 하는 일이 되었습니다.

아무리 힘겨운 시간을 지내고 있다고 해도 십 년 뒤의 세상은 꿈에 그리던 세상입니다. 너의 모습도 나의 모습도 다들 멋지게 그려 보는 것입니다. 어느 먼 나라에서 다들 예상하지 못한 일을 하고 있는 친구들의 모습입니다.

그때는 십 년이 영영 오지 않을 것처럼 아득히 먼 날이었습니다. 추리소설에 나오는 것처럼 그렇게 극적인 일이 벌어지지 않으리라는 것도 몰랐습니다. 아득히 먼 십 년이 다가올 때까지 무수한 일들이, 특히나 멋진 일들이 벌어지리라 모두들 상상하며 그렇게 시월의 마지막 밤이 깊어 갔습니다.

시월의 마지막 날이 그렇게 사람들의 매력을 끄는 이유는 무엇일까요? 일 년 가운데 가장 쓸쓸한 달을 고르라면 저는 주저 없이 십일월을 고르겠습니다. 쉬는 날 하루 없이 지루합니다. 전태일 열사를 기리는 날 외에 마땅히 기념할 날도 없습니다. 무엇보다 날씨가 참으로 심란합니다. 스산한 바람에 낙엽이라도 쓸려가면 마음도 괜히 쓸려가는 듯합니다. 차라리 겨울이라면 눈이라도 기다릴 텐데요. 시월과 너무 다른 십일월입니다. 풍요롭고 활기찬 시월 때문에 십일월이 더욱 의기소침해 보이기도 합니다. 이 때문에 사람들이 시월의 마지막 밤을 그렇게 많이 기억하는 것일까요. 십일월을 맞는 일이 급히 절벽에서 떨어지기라도 하는 일이라 여겨져 그런 것일까요.

하루하루의 대학생활이 지나고 취직도 하기 시작했습니다. 하나둘 결혼하는 친구들도 생겨났습니다. 십년 뒤 만나자는 아이디어를 낸 여학생은 그 자리에 있던 한 남학생과 결혼했습니다. 나도 그 자리에 있던 어느 여학생과 결혼을 했습니다. 또 하나 둘씩 아이를 낳으며 특별할 것 없는 일상을 살아갔습니다. 얼마나 자주 만나는가 하는 빈도만 문제일 뿐 다들 어떻게 지내는지 알 수 있었습니다. 그러니 굳이 '십 년이 지난 시월의 마지막 날'이라고 해서 특별히 만나야 할 이유 같은 것은 없었지요.

그런 십 년이 벌써 두 번이 지났고 이제 몇 년 있으면 세 번째 십년을 맞이하게 되겠네요. 그러는 사이에 고향 제주로 내려간 친구도 여럿입니다. 제주에서 치과를 열기도 하고, 가업을 잇기도 했습니다. 대기업 제주지사 근무를 자청하기도 하고, 사회운동에 헌신

하기 위해 내려가기도 했습니다. 나에게 가까이에서 여자친구를 찾아보라 조언했던 친구는 어찌어찌 하다 학원 강사의 길을 택했습니다. 열혈 마니아들을 거느린 '강호의 고수'가 되었습니다. 또 한 친구는 버스 광고에서 얼굴을 볼 수 있는 유명 강사가 되었고요. 시월의 마지막 그날에 어느 먼 나라에서 사는 모습을 그려보기도 했는데, 그 모습처럼 오랫동안 외국의 지사에서 근무한 친구도 있었습니다. 고시 공부를 하던 친구는 유명한 대기업에서 법률 담당 임원이 되었습니다. 세상을 삐딱하게 보던 친구는 어느 유명한 공대의 교수가 되었다고도 합니다. 완도에서 여자친구에게 퇴짜 맞은 친구입니다.

그런데 '십 년 뒤의 모습'을 텔레비전에서, 그것도 시사 고발 프로그램으로 보는 것은 참으로 난감한 일이었습니다. 대학을 졸업한 뒤 석사과정에 들어간 친구입니다. 같이 석사과정을 밟던 여학생과 결혼도 했습니다. 친구는 대기업에 취직했고 아내는 지방 국립대에 교수가 되었다는 소식을 듣고 있었습니다. 그런데 이 부부가 시사 고발 프로그램에 떡 하니 나오는 것입니다. 신도 감금과 폭행 때문에 문제가 되던 종교단체였습니다. 친구 부부는 이 종교단체가 운영하는 남태평양 어느 농장의 책임자였습니다. 이렇게 농장을 잘 운영하고 있는데 무슨 문제냐며 당당히 인터뷰를 했습니다. 종교적 신념이야 뭐라 말할 수 없지만, 보통의 도덕관념을 벗어난 종교단체에서 부부가 주도적인 역할을 하고 있다는 것이 도저히 이해할 수 없었습니다. 이 먼 나라의 농장에 가려면 전 재산을 모두 종교단체에 바쳐야만 갈 수 있다는 말을 들었습니다. 전 재산을 바치고 쌓아온 모든 인연을 끊고 온 가족이 그 먼 농장까지 간 이유가 도대체 뭘까요? 신입생 시절, 새로운 사랑을 얻는 데 실패한 그 친구입니다.

조금씩 쌓이는 작은 차이가 긴 시간이 지나면서 아주 큰 차이가 되었겠지요.

이제 다시 십 년 뒤를 그려 봅니다. 우리 앞에 풍요로운 시월 같은 풍경만 펼쳐질 리야 없겠지요. 그렇더라도 조금씩이라도 하루하루 성숙해가는 생활을 쌓아 가면 좋겠습니다. 그러면 아마 오정개 바닷가에서 보았던 그 화사한 반딧불이 우리 앞을 비추는 때도 있을 테지요.

224